Ludwig Weibel
Meines Gotteslichts Konstante
Sang und Klang von Meinem Singen

Books on Demand

Bibliographische Information der Deutschen Nationalbibliothek
Die Deutsche Nationalbibliothek verzeichnet diese
Publikation in der deutschen Nationalbibliographie,
detaillierte bibliographische Daten sind im Internet über
http://dnb.dnb.de abrufbar.

© 2015 Autor: Ludwig Weibel
Herstellung und Verlag:
BoD – Books on Demand, Norderstedt
ISBN 9783738653182

Ludwig Weibel

Meines Gotteslichts Konstante

Die Kräfte wahren Seins und Strebens
5

In der Flut der Lebensfragen
31

Der Begriff von Sein und Werden
55

Du bist des Seins Gefieder
83

Unermüdliche Geduld und Seelenstärke
107

Im Kontex wohlbekömmlicher Gespräche
133

Du kannst zu höherer Bewusstheit schreiten
157

Die Kräfte wahren Seins und Strebens

1.1

Nicht Heinzelmännchens Wachtparade, sondern die Beziehung zu den grossen Geistern aller Zeiten macht dich wahrhaft menschlich und global und lässt vor deinem Seelenaug des Lebens Sinn im allerbesten Licht erscheinen. Was du aber wissen solltest ist, dass das Verhältnis das du zu Mir pflegst mit Abstand alles in den Schatten stellt, was dir vordem als licht- und lebenswert erschienen. Du magst es drehen wie du willst, deines Lebens Gut und Blut und Seinssubstanz sind alleweil von Mir gespendet und aufs Beste unterhalten wie es sich für eine Gottheit auch gehört. Dein Dich-selber-Sein hängt stets an einem dünnen Faden und alsobald, wie Ich ihn nicht mehr halte, fällst du ins Bodenlose und verstehst dich nimmermehr.

Deine wesentlichste Sache ist es, zu erkennen, dass du in Mir Bist und dass noch jeder deiner schütteren und erdgerichteten Gedanken von den Meinen inspiriert, veredelt und befruchtet werden muss, um seinen vollen Wert und seine Wirkkraft zu erhalten. Von hier oben ist es Mir ein Leichtes, deine Lebenssituation zu überschauen, um dir voll Güte und Gelassenheit in allem Ernste beizustehn. Du wimmerst und Ich wache, bis du heil aus dem Schlamassel, das du angerichtet hast, hervorgehst und dich als gereift erweisest in des Lebens Sankturarium und Stil.

Meiner Güter sind so viel, dass Ich sie weit herum verschenken kann, ohne jemals Not zu leiden. Du musst wissen, dass es sich dabei um geistige Aspekte handelt, um Kräfte, geniale Dispositionen, Gaben höchster Intelligenz und Eloquenz, sowie die wohlerwogene Behutsamkeit, mit der Ich dich in Meines Geistes Wiege seinslebendig, koscher und vergnügt erhalte. Auch deine Lebensfreude kommt von Mir, denn die Erkenntnis, dass du Bist geschieht vornehmlich durch Mein Innesein in dir und deinen Angelegenheiten, die du Schicksal nennst, recht unbeholfen und naiv.

Traue wem Ich das Vertrauen hingegeben und baue wer da will auf Meinen festen Grund, damit er von dem Zeitenschlaf ins Ewige erwacht und damit in Mein Resümee von wunderbar begeisternden und ausgezeichneten, herzinnigen und wonnevollen Liebesgaben.

1.2

Du schaust um dich und kannst im Grund nichts ausser Mir gewahren, der Ich alles Bin und dessen Zeuge du dir selber bist als Mich im tiefsten Seelengrunde. Die Machart Meines Seins ist geistiger Natur und kann weder hinterfragt noch auf der Lebensbühne vorgestellt und abgehandelt werden. Mein Sein ist was es ist und misst sich in artfremden Dimensionen, die von deinem Sachverstande nicht erschlossen werden können. Was Ich dir jedoch vors Gewissen lege ist der Hinweis auf die tägliche Betrachtung der Zusammenhänge, die zwischen irdischen und himmlichen Kriterien bestehn. Dadurch wird dein innewohnendes Sensorium für Gesteiges gestärkt und du verbesserst Zug um Zug die Ansicht von der Stellung, die du innehast, im seinslebendigen Allhier.

Das geht so weit, dass dir die Definition von deinem Sein und Wesen klar ersichtlich wird als das, was Ich dir Bin und was dein Innerstes und Heiligstes, Erhabenstes und Würdevollstes ausmacht in der Strategie des Lebens und Bestehns. Dir wird bewusst, dass du Unendlichem entspringst und seiner teilhaft bist in wunderbarer Übereinkunft und Rendite, Erhabenheit und Seinsmoral. Dein

Ausgang ist dem eines Königskindes zu vergleichen dem ist die Heimkunft ins Unendliche beschieden. Gibt es ein Glück, so ist es eben dieses, dem du still und seelenvoll entgegengehst. Schon jubelt deine Seele dem verheissungsvollen Himmelslicht entgegen, das sie liebevoll und zart umfängt und ihr die Grazie der ewigen Gerechtigkeit vermittelt, innig, heilig und zutiefst vereint mit dem, was sie schon immer war.

1.3
Deine Kräfte des Erhebens sind unendlich gross, du brauchst sie nur auf deine Stellung anzuwenden in des Seins glückseligem Erwarten. Was dir immer frommt ist dir von Mir ins seidenweiche Herz geschrieben, was du unternimmst, ist Sang und Klang von Meinem Singen. Lass es dir gut sein unter Meiner schützenden Regie, von deren Güte sich die Seinsgelehrten Wunderdinge und Ereignisse erzählen.

Ich gestatte jedem, so zu sein, wie er von Haus aus ist und wünsche seinen Neigungen Erfolg und förderliche Varianten, die ihn davor bewahren, sich in den herrschenden Gesetzen zu verhaspeln und damit in jedem Fall den Kürzeren zu ziehn. Meiner Absicht liegt ein Volk von Seinsverständigen zu Grunde das in guten Treuen schafft was tunlich ist und dessen Reputation vom Erdenschweren hoch ins Himmlische hinaufreicht, wo die Meister allen Lebens wohlgemut und ständig tagen.

Wer immer sich von Mir verwalten und regieren lässt, ist äusserst wohlberaten und darf sich Lebenskünstler und Chargierter mit bedeutenden Befunden nennen. Mich betreffende Projekte sind zum vornherein markant, langwierig, lebenstüchtig und natürlich riesengross. Ich schütte ständig Öl ins Feuer, wo es darum geht Verhärtungen zu schmelzen und Wärme und Empfindsamkeit zu generieren. Mein Sinn steht auf Erfüllung einer Mustertat und Meine Weisheit reicht bis zu den Sternenweiten im wunderbar beglückenden Allhier.

Es taget, wenn du an Mich denkst, in deinem Dich-Begründen und die Hoffnung beiderseits auf einigende Szenen ist wie immer grandios. Das macht, dass der Erklärten Herzen vor Begeisterung glühen und ihr Liebesbund mit Mir zu einer Wirklichkeit gedeiht, die sich in alle Welt verströmt und nur die Freude und Gelassenheit, den Wohllaut der Gediegenheit und ewige Wonne will gebären.

1.4
Was du ertragen musst, ist dir von Mir zur Prüfung auferlegt und will dich nicht zu Schanden machen. Vielmehr will es dich hinauf zu Mir und Meinem Sinnkreis heben, wo Gottes Güte herrscht und wunderbar gesegnetes und wohlbewahrtes Geistesleben. Die Einsicht in die Wohlgeordnetheit der Gottessphären adelt deinen Sinn und schärft ihn für das Ganze, das sich in wunderbarer Regelmässigkeit und Harmonie vollzieht. Du fügst dich anstandslos und voll Elan, Überzeugung und Geschicktheit in die Ordnungen der Welt, die die Meinen sind fernab vom Geklirre und Getöse, den Ängsten und dem Unverstand der Liebeswelt und deren engen, malefizen Grenzen.

Ich hingegen trete auf in Meinem Reich als einer, der die aberwilligen Kräfte kosmischer Natur unmissverständlich und galant im Zügel hält und sie wie feurige Gewalten radikal zum Guten lenkt, das Ich Mir für ihr Walten vorgenommen.

Bist du anderer Meinung? Wohlan, du darfst sie haben; aber das was du damit bewirkst musst du ganz persönlich, schicksalhaft und unbedingt in seiner vollen Wucht ertragen. Gottesferne ist nicht sehr zu deinem Wohl, und deine Leidenschaften stilisieren dich zu einer Farce deiner selbst, die sich hin und her geworfen sieht von ihrem Wüten. Was dir Not tut, ist der Charme und die bewusste Redlichkeit, die dir wohl anstehn und die dich von der Nonchalance und wohlbekömmlichen Natur der Gesten überzeugen, mit denen Ich Mein Reich seit eh und je regiere.

Du solltest dich in dem, was Ich dir Bin, solvent und heimisch fühlen. Das bewirkt ein stetes Einigsein mit dem, was Ich als tunlich und dezent erachte, in den Wundertaten, die Ich feierlich und froh vor aller Welt und Wirtschaft zelebriere.

Hangle du dich unbeirrt voran auf Meiner Bahn der wonnevollen Wendungen und Endungen im Geistessinne, zu dem Ich Mich von Anfang an bekannte und seinen Universenwert benannte in der Seinsstruktur, in der Ich ewig Bin und lebe. Du bist in ihr mit Mir aufs Innigste in eins verbunden und darfst dich als Gefährte und gesegnetes Gefährt der Himmelsherrlichkeit betrachten. Sei und berichte, was du in dir siehst; sichte dich im Gottesglück und trage Sorge dazu mitten im bezaubernden und überwältigenden Welterscheinen.

1.5

Wirf dich auf und sing dich wieder in den Zustand der allherrlichen Begnadung, die Ich dir seit eh und je zugute kommen liess. In allen Werten, die da bei dir sind, ist Meines Gotteslichts Konstante und Gewähr für Besseres mit eingeschlossen. Du brauchst die Schätze nur zu heben, die auf deines Herzens Grund gesunken sind und schon schaffst du Allherrliches, das dich erlöst aus Resignation und resoluten Qualen. Ich bin so frei, dir frei heraus von Mir und Meinen überaus profunden Seinsgedanken allerhand Vernüftiges zu erzählen. Dein

Wesen ist geprägt vom Granulat der Güte, das von Mir ein Hoheitszeichen ist und ein bewegendes Relikt von dem, was Ich Mir Bin und was Ich liebevoll und majestätisch mit dir teile.

Was sich dir mählich zeigt, ist eine Geisteswelt von ehernem Bestand in der sich weder Brüche noch Verstiegenheiten, Annullationen und Versäumnisse ereignen. Alles ist auf Kontinuität, Gewissenhaftigkeit und Fortschritt ausgerichtet, denen man von weitem ansieht, dass sie ewigen Ursprungs sind und sich bis ins Unendliche erstrecken. So ist auch das was du dir Bist unsterblichen Geblüts, und darf sich Meinen, eines Gottes Zweig und Zuversicht zu sein für grandiose Meistertaten. In äonenlanger Werkgemeinschaft bist du fähig, Welten aufzubauen, ständig zu veredeln und schlussends der Seinserfüllung zuzuführen. Du wirst dir zum eigenen Dahinter, das die feinsten Fäden des Geschickes wunderbar gelassen zieht und damit Grosserfolge zeitigt von beständiger und schicksalsträchtiger Manier.

Dein Wille stellt sich an den Meinen und dein Flammenauge blickt in eine Zukunft nie versiegenden Elans und fabelhaften Generierens neuer Wirklichkeiten, die von Daseinslust, Erhabenheit und liebevollen Gestus triefen. Du Bist und trägst das Heil auf deine blanke Stirn geschrieben, das da heisst: Glückseligkeit und lächelnde Gewissheit von dem Einen das allüberall agiert und registriert, Erbauliches kreiert und sich aus einer Stille und Gestilltheit, Lebensliebe und Bewusstheit äussert, die vom Allerhöchsten, Geistgeprägten und Subtilen sagenhafte Kunde geben.

1.6

Dem Minus folgt das Plus und der Misere deiner menschlichen Verfassung das Erhabensein, von Mir bewirkt wie vom tiefinnigen Vertrauen das du Meinem Dasein zugestehst. Die Zeichen deines Schicksals wechseln radikal von Sturm auf Stille, von Klamauk auf selige Getragenheit von Mir und Meinen Visitationen. Der Wandel geht in wohlgemessnen Schritten und Erleuchtungen vonstatten, die nach der Zeit der schwelenden Verdriesslichkeiten Meiner Ordnung seinsbewussten Stil und seelenvolle Harmonie an deines Herzens Hof verbreiten.

Exzellente Künste und Gepflogenheiten kommen dir wie aus dem Nichts entgegen als Zeichen Meiner Wohlgewogenheit und Meines Anstands gegenüber dir und deinem täglichen Benehmen.

Herr der Heere, Kundiger der Weiten wird man dich von Meines Namens Nachhall, Aperçu und Hirtenklang benennen und dich dabei exakt mit dem vergleichen was Ich in dir Bin als Heilsverkünder aus den Geistessphären.

Du näherst dich unweigerlich dem Limit dem bezaubernde Unendlichkeiten folgen. Sofern du weiter Meinen Richtwert und befeuernden Elan verfolgst, kann Ich dich in den renommierten Kreis der Gottverbündeten und Abgeklärten heben. Deinem Schweigen ist dann zu entnehmen, dass du weisst wo's lang geht und deine Züge dabei Meinen bis aufs Tüpfchen gleichen. Du bist Mein und Ich bin dein geworden in der ausgezeichneten Synthese, deren Ich Mich immerzu befleissige, um aller Welten Gang und Gängelei aufs Höchste zu beglücken und allem, was da ist, den Stempel der Gottseligkeit und Würde, Himmelsheiterkeit und Herzensgüte einzuprägen.

1.7

Wo die Hoffnung glänzt, da ist gut Leben; wo der Sinn nach Meinem sich erdehnt, kann er das Allerhöchste nicht verfehlen. Währschaft muss der Glaube sein und zweimal durchgeknetet, bis er Mir so schmackhaft ist, dass Ich ihn auch gebührend akzeptiere. Dann aber will Ich dich als lieben Freund betrachten und dir soviel von Meinem Weltgewissen übergeben, dass du hoch erfreut auf Meine Pfade einschwenkst und sie treu verfolgst in deinem Sein und Streben. Was mach Ich nur als Gottesfreund auf des Allhöchsten heiliger Spur, wirst du dich fragen? Ich erbaue Mich an dem was Ich da lerne, wirst du stolz erwidern und dabei betonen, dass es ohne göttliche Verbindlichkeiten weder Würde noch Erfolg gibt in der Kunst, gesittet und gesund zu leben. Demnach setze Ich von Mir die Redlichkeit und Lauterkeit im Denken wie im Tun dazu damit sich niemand über deinen Lebensstil beklagen sollte. Einmal wirst du dich als wohlbewanderter Jongleur auf Meinem Hochplateau erweisen. Meine stete Nähe gibt dir Halt und lässt dich alle schroffen Absätze und Kanten spielend überwinden. Unter Meiner gütestrahlenden Regie ist das Gipfelstürmen ein beliebtes Kinderspiel, das noch jedem höchste Ehre schafft, der sich ihm hingegeben.

Du schweigst in Andacht und Ergriffenheit, derweil Ich dich mit höchster Konzentration und Präzision behutsam höhwärts führe. Auf einmal ist die Krone des Gebirgs erreicht, du atmest glücklich auf und schaust und staunst weit in die Runde, wo die mit sonnengold betressten Fürstentümer liegen. Ich gönne dir die Freude die du spürst und ohne noch zu ahnen wieviel Fürsprach Ich zum völligen Erreichen deines Zieles beigetragen habe. Dankbar sei auf jeden Fall in herzensgutem Dich-an-Mich-Verströmen, das Ich dir mit einem sinngeladnen

Lächeln seelenvoll und heiter, herzinnig und galant quittiere.

1.8

Ich lege ständig Himmelshäuser mit enormem Wohnwert an. Mit deinem Geiste kannst du sie beleben und in seinen Räumen figalant und selig ruhn. Was in dir vorgeht ist auch immer Mein erhabnes Ritual und Überlegen; was von dir gezählt wird, zähle Ich inständig mit um Mir ein Bild von dem was du dir Bist zu präsentieren. Was immer du voll Eifer und Ranküne in den Handel bringst, ist noch von Rohheit und Tollpatschigkeit geprägt und muss von Mir zurechtgestutzt und feingeschliffen werden. Das Bin Ich deinem Eifer schuldig ebenso, wie Meinem Hang zur seinsvollendeten Ästhetik und bewundernswerten Perfektion.

So klingt des Gotteslied in allen Dingen die da sind und seinen Meister eigenhändig und beständig ehren. Die Bewegtheit, Raffinesse und verblüffende Tournüre Meiner Welten kommt vom genialen Aperçu mit dem Ich, was schon ist, zum seinsglückseligen Ende dirigiere. Von deiner Warte aus gesehn sind alle Lebenszeiten anspruchsvoll und unbeständig, höchst bedrohlich und final, derweil die Meinen sich im Stand der Leichtigkeit, Holdseligkeit, Begeisterung und überragenden Bewusstheit präsentieren. Tut dir das Unterscheiden zwischen dir und Mir auch innig weh, so kannst du sicher sein, dass sich der Status Quo im Rahmen deiner Sehnsucht wie der Meinen ununterbrochen zu vermehrter Qualität und Rüstigkeit, Behutsamkeit und Wohlgemutheit stilisiert, die allesamt mit Vehemenz in Meine Richtung zielen. Was sich näher kommt, befruchtet und belebt sich zweifellos und innig nach dem Willen der Natur, die Ich Mir Bin und die Ich ständig und inständig moderniere. So bist auch du dem Wandel nach der Prophezeiung unterworfen, die da heisst: Es werden alle Erdendinge unverwandt von Mir hinangezogen, bis sie einstens im Unendlichen und Seinserhabenen, Hellwachen und Vom-Geisteslicht-Beglückten wonnevoll und selig ruhn.

1.9
Ich gratuliere dir für jeden Schritt den du in Meine Richtung lenkst, um dich und deine Welt zu einer höheren Standarte und Gewissenhaftigkeit zu stilisieren. Was immer Ich ins Leben rufe hat die wunderbar beglückende Tendenz zu transzendieren und sich in Meine Sphären der unendlichen Beglückung und Beschaulichkeit hinauszudehnen. Wer erfasst, um was es Mir schlussendlich geht, hat einen Sieg, der über allem steht, errungen und darf sich mit dem Lorbeer der unendlichen Geselligkeit mit dem der ist und sein wird wohlgemut bekränzen. Du Bist in Mir, um weiter nichts als aufmerksam und willig Meine Pläne auszuführen, die da von des Gottes Würde und Gewieftheit, Tatenfreudigkeit und Solidarität erzählen. Du Bist das Sein, indem du Mich zutiefst begreifst und bist in allem, was da ist, aufs Intensivste inbegriffen. Der Schauplatz deiner Taten ist im Reich des Geistigen zu finden, das Ich Bin und das dich weihevoll und wesenhaft umgibt, um deine Werte dem Bewährten Gotteslichten anzugleichen.

Was du immer trägst, ist schon längst von Meinem Anstand wie von Meiner unwahrscheinlichen Voraussicht mitgetragen. Wessen du bedarfst, ist tunlich von Mir eingefärbt und vorgebacken, damit du dir daran kein Zähnchen ausrenkst, oder dir den Appetit verdirbst am ungegarten Braten. Ich hoble, dass die Späne fliegen und hole dich im Springlauf ein, um dich, noch ausser Atem, vor dem Sturz in den gemeinen Abgrund zu bewahren.

Ich graduiere, was du Bist, mit Meinem ausserordentlichen Wohlgeraten und stilisiere deine Absicht, bis sie sich mit Meiner deckungsgleich und fugenlos, vertraulich und salut versteht und fähig ist, sich in demselben überragenden Erfolg mit Mir zu baden.

Es gilt, die Tücken der Begehrlichkeit, Machtstrebigkeit und Einzelhaft, in denen du gefangen bist, zu überwinden, um dich in wohlgefälligere und heiterere Räume zu begeben. Du kannst viel, wenn du willst, mit Leichtigkeit erreichen, in dem du Meiner Hilfe dich versiehst und Mir vertraust, als dem allmächtigen Begründer und Verkünder einer Universenwelt von schierer Glorie, Einmaligkeit und Virtuosität im Denken, Fühlen und glückseligen Gewinnen einer Einheit ohnegleichen im erhabenen Allhier.

1.10

Was Überwindung braucht ist auch was Wert und was zum Allerhöchsten führt hat höchste Dringlichkeit und Wünschbarkeit in deinem Sein und Leben. In deinem menschlichen Gemüte gehts noch immer wie in einem Bienenhäuschen zu. Auf und ab und hin und her schweben die Gefühle und Gedankenströme und wollen sich nicht zähmen lassen von der göttlichen Vernunft, die sie umbrandet und umwebt. Daraufhin unternehme Ich es im bedeutungsvollen Stil für Meine Sache Werbung zu betreiben und dabei kunstfertig und gediegen vorzugehn. Das betrifft auch dich wo du nur hinzuhorchen brauchst um, was der Seele dringend Not tut, voller Güte von Mir zu vernehmen. Das ist der Status quo von Mir und Meinem Hause inszeniert damit du förmlich wählen kannst was dir gedeihlich scheint in deinen Erdentagen.

Ist es dir daran gelegen hinter das Geheimnis dessen was du Bist zu kommen wirst du, Meines Rates kundig, alles unternehmen um Mir aus der Gottesferne wieder nah zu kommen und dabei das Unerhörte zu entdecken, das du Sein vom Sein bist, so wie Ich es Bin und wie es sein soll nach dem vielen herzenstiefen Fragen.

Merk auf und fühle was dir frommt, erhebe dich ins Sein und sei, von Mir zur seligen Gelassenheit geleitet, was du Bist im schöpferisch von Mir errichteten und grandios geführten Weltenspiel.

1.11
Wenn sich die Stürme legen, segelst du in aller Ruhe auf dem Meer des Lebens dorthin, wo Ich Bin und dich im Vaterhaus empfange freudevoll und sonnenklar. Bewundernswert und tapfer sind die Geister, die in Meinem Sinn agieren und damit die Rolle der Verklärten spielen. Ihre Augen der Erkenntnis dessen, was da ist, sind adlerscharf und lassen sich von keinem, noch so raffinierten Gaukler und Betrüger ad absurbum führen. Wo Ich walte, sind vor allem auserlesne Loyalität und tunliches Gefühl für Ausgewogenheit sowie diskrete Eleganz vorhanden. Meine Baukunst schliesst mit ein, sich mit jedem noch so minikrimen Detail zu befassen, die zur götterlichten und von Mir begnadeten Debatte stehn. Weil dem so ist, hat sich beileibe niemand über die Ergiebigkeit sowie Beseeltheit Meiner Taten zu beklagen. Sie sind allesamt von einer Qualität und Raffiniertheit ohnegleichen, die Hand in Hand mit dem diskreten Touch Meiner Empfindungen fürbass gehn.

Was Ich Mir leiste, hat noch keiner auch nur ansatzweise inszeniert und was Ich alles kann, wird

Keinem nicht einmal im kühnsten Träume glücken. Das will heissen, dass die alles überragende Präsenz von Meinen Geistesgaben absolute Werte en masse inne hält, die für allgemeine Redlichkeit und Generosität in Meinem Reiche sorgen.

So unterscheidet sich wie Tag und Nacht das was du fertig bringst in deinem An-dir-Wüten von dem, was Ich in der subtilen Geistesklarheit Meines Seins und Sinnens generiere. Erst wenn du Mich und Meine sakrosankten Tugenden vollends begriffen hast, kannst du dich zu den Seinsbewussten und vollends Vernünftigen zählen.

Meine Wege sind den deinen Kapital und haushoch überlegen, was bedeutet, dass es weise von dir ist, sie mindestens im Ansatz schlicht und einfach selber zu begehn. Damit kannst du wenigstens die gröbsten Fehler deiner Fuchtelei vermeiden und dazu die Hoffnung hegen, dass dir immer mehr und Besseres gelingt, in Meinem Sinne wie in Meiner gottbegnadeten Gewähr.

Ich Bin der Einzige und Einzigartige der sich seines Seins bis in die allerletzten Universenweiten voll bewusst ist, was Mein Recht begründet, überall als sakrosankter Herrscher eine Dynastie von beinah Ebenbürdigen heranzuzüchten. Sie sind würdig, Mich per se gebührend zu vertreten und damit den verirrten und verwirrten Massen rechtliches Gehör und Konsolation in überragender Manierlichkeit und Minne Gottes zu verschaffen.

1.12

Trachtest du nach Sendung und Gediegenheit im allerhöchsten Sinne, hier bei Mir sind sie getan und füllen Meine Daseinsräume mit bewundernswerten und markant geratenen Inventionen von des Gottes Wachsamkeit und Tribunal. Du magst dich wundern, wenn Ich die Verhältnisse, die zwischen dir und Mir bestehen, klargesichtig offenlege, denn sie weisen Mir den Löwenanteil am Geschick und prächtigen Geschehen zu im Handumdrehn. Deine Genialität ist vollumfänglich in die Meine eingebettet und wird von Mir genährt wie's Zicklein von der Mutter, dass es tüchtig springen kann in fortgesetzten Lebensfreuden. Deine schönsten Werke sollen mit dem Lobe Meiner Kunst sie zu erwirken seelenvoll verbunden sein. Du sollst erkennen, dass die Fäden deiner Welt seit jeher allesamt bei Mir zusammenlaufen und sich unter Meinem wohlerwogenen Befehl zur rechten Zeit am rechten Ort bewegen, und dem Ganzen höchste Würde wie den glänzenden Aspekt der Unbegreiflichkeit verleihen.

Wieviel gibt es noch für dich zu forschen, bis die Hintergründe der Objekte deiner Welt gebührend aufgelistet und verstanden sind. Das ist, weil die solventen Kräfte aus dem Übersinnlichen heraus agieren und für Schwung und Rasse sorgen im täglichen Klamauk und Zeitgeschehn.

Die allerbesten Köpfe sind nur deshalb so gescheit und wonnestrahlend, weil Ich es in ihnen Bin und weil ihre Denkwut ein gerüttelt Mass ist von der Meinen. Deines Überlegens Vituosität ist völlig unbeholfen allsolange bis sie von Meiner Intuition und Sagenhaftigkeit befruchtet und ins rechte Licht gesetzt wird Meines Mich-Verstrahlens. Nicht du, doch Ich Bin der Verknüpfer und Beglücker der Gegebenheiten deiner Hemisphäre und trage Sorge zum vom Sein erfüllten gertenschlanken Weitergehn. Dabei kann, was noch nicht ist, durch deine Einsicht und Ergriffenheit im besten Sinn befördert und zum Merkmal göttlicher Verfügbarkeit erhoben werden. Gelingt es dir, bis in die Sphären der Gottseligkeit und wunderwirkenden Bedachtheit aufzusteigen, kannst du des Erfolgs in deinem Sein und Wirken sicher sein. Dein Leben nimmt die Glorie und den Glanz von Meiner Seite dankbar an und steigert sich zu einer Auserlesenheit, Brillanz und Benediktion von Himmels Gnaden, die sich wahrhaft sehen lassen kann. Das Meine ist in dich geflossen und die Meinen scharen sich um Meiner Güte kapitale Überschwänglichkeit im Lichterglänzen wie in vielen wohldotierten Meistergaben.

1.13

Erwache zu dem was Ich Bin in deinem Wissensdurst und deinem sehnenden Verlangen nach Erklärung und Verklärung dessen was du Bist in deinem immanenten Dich-Verwundern. „Es gibt nichts Gutes eh man tut es", heisst die dichtende Parole, mit der Ich dich am Saume Meines Reichs begrüsse. Gut wird alles, wenn du es in Meinem Sinn und Geist verrichtest, denn bloss in Deinem gehst du ständig fehl.

Die Flösser halten ihre Stämme auf dem Strom fein säuberlich zusammen, damit sie sich beileibe nicht am starren Ufer stossen. Sie fahren friedevoll dahin, von leichter Hand geführt und eingemittet ins bedächtige Entgleiten. So auch des Menschen Wille. Hat er sich dem göttlichen Gedankenstrom vollends ergeben führt ihn dieser anmutsvoll und wohlbehalten in das Meer des Seins, wo sich dem Menschensinnen eine neue nie gekannte Perspektive frei heraus eröffnet vom Unendlichen, mit dem er sich voll Wonne und Gelassenheit, Vertrauen und Versöhnlichkeit vermählt.

Ich bin dir Warner und Wahrhaftiger zugleich auf deinen seltsam überzogenen, verbogenen und seinsskurrilen Wegen. Ein Freund und Partner tut dir auf ihnen ganz besonders Wohl und beschert dir Harmonie und Heiterkeit in Fülle und Behagen. Der Kern der Sache ist die Redlichkeit, das Wohlgefallen und die klingende Natürlichkeit mit denen Ich dich schon von Jugend auf begabe. Spürst du sie und lebst du dann nach ihnen, kann Ich dir schlagenden Erfolg für deinen Einsatz und ein Rendement von überragender Gefälligkeit versprechen. Willst du weise sein, so helfen dir die guten Geister gern dabei und beflügeln deine Pläne mit Ideen, Dienstbarkeiten, Bonitäten und Verbindlichkeiten, welche dein Bewusstsein unbedingt um eine Stufe höher heben. Du siehst dich von charmanten und bedeutungsvollen Genien umgeben deren Rang und Namen auch die Deinen schützen derweil sie ihnen Sinn und Fabelhaftigkeit verleihen. Du bist in ihre Runde gütlich eingelassen und bewegst dich glänzend auf dem geistigen Parkett, um aller Welt die Formkraft und Gerechtigkeit des Übersinnlichen mit blendendem Erfolg und glückerfülltem Lächeln vorzuzeigen.

1.14
Ich werte was du Bist als grandiosen Beitrag zum allweltlichen Geschehn, wenn du nur gläubig und gewissenhaft den Spuren folgst, die Ich verheissungsvoll vor dein Gewissen lege. Ich halte dich auf Meine Weise dazu an, als Weltenbürger und Verteidiger der überragenden Ideen zu agieren die von Gottes Sterngeflüster in die offnen Menschenseelen strömen. Finde du den Anschluss zur gegebnen Zeit an Meine stocktief eingebürgerte Partei der Grenzenlosen, die mit dem auf's Innigste vertraut sind, was Ich Bin und was Ich wohlgefällig an die Träger Meiner Ich-Natur verteile. Wundere dich nicht darüber, dass dir unter Meiner geisteswissenschaftlichen Regie, Wahrhaftigkeit, Glaubwürdigkeit und Regel mehr gelingt, als allen noch so sehr um glänzenden Erfolg bemühten Koriphäen des Gedankenbrütens. Meine Sicht der

Dinge, die Ich in dich induziere, nützt dem Weltgeschehen mehr als Tausend andere, die von Meinem Sein und Streben ferngehalten werden. Meine Grösse kommt vom allerfüllenden Arom der guten Sitten und Bestände her, die Meinem aberseelenhaften Sein entspringen. Bonität von Bonität und Sinn vom Weltensinn darfst du von Mir geniessen alsobald, wie deine Züge so gereift sind, dass sie von Begeisterung und Würde des Gerechtseins strahlen. Wisse, dass Mein In-der-Welt-Erscheinen zugleich ihres Aufbaus und sich frei Entfaltens Animator, resoluter Wille und Regent ist über alles hoch erhaben und im Sein verankert bis zum Gehtnichtmehr. Das wird auch deine schicksalhafte Prägung und Konstante sein in der evolutionenlangen Seinsgeschichte Meiner Art und Meines Geisteswissens Gottesrecht im Wunderbaren.

1.15

Köstliches von Meiner Seite soll beständig und zutiefst beglückend und salut in deine lichte Seele fliessen. Lauterkeit und redliches Besinnen auf dein Schicksal helfen dir dabei, dich in Meiner Hemisphäre wohlzufühlen und den Standard den du schon erreicht hast schrittchenweise zu erhöhn. Die Gelegenheit zu wundervollen Geistestaten bietet sich dir an in dem gesegneten Momente des Erwachens in der Morgenfrüh. Du weisst, dass deine Seele noch in innigem Kontakt mit Meiner weitgesichtigen Gedankenfülle war und wenn du nun die Gnade hast, an Nichts zu denken, kann Ich etwas von den ausgezeichneten Ideen Meinerseits in dein Bewusstsein strömen lassen. Was da in deinem lauschenden Gemüte ruhig und behutsam offenbar wird, ist ein Quentchen höheren Erwägens, das dich lupenrein umgibt und dir liebreich innewohnt als Meines Seins und Lichtens Zeichen geistiger Natur und überirdischen Gebarens.

Ich weiss, was dir gebührt und Bin dir gut und gütig aus der Hülle Meines Herzensstrahlens, um dich aufzurichten und dich von der Wirklichkeit der Geisteskräfte und Bestimmungen zutiefst zu überzeugen. Sie sind und lassen dich an ihrem gloriosen Dasein wohlbegründeten und liebevollen Anteil nehmen. Als Stimme aus dem Jenseits klingen sie in deiner Seele an und beglücken und begeistern diese in der Art der himmlischen Betreuer allen Weltenseins von Meinen Gottesgnaden.

Nicht du bist weise, doch erscheint es so für die Gesellschaft menschlichen Befindens, die dich in deinem Dasein würdigt und verehrt. Denn sie ahnt durch dich und deine Äusserungen etwas von dem, was nicht sichtbar, aber fühlbar und erfahrbar ist im irdischen Bereich und Offenbaren. Gross sind die Freude und der Frieden, die dich so von Mir beseelen und du gehst in einer Wonne ohnegleichen durch die muntere Lebenszeit einher. Du siehst die Tore reiner Unbeschwertheit offen und erblickst beseligt unermessne Weiten puren Lichts durch welches göttliche Gediegenheit und Wohlgefälligkeit, All-Liebe und elysische Verklärung für dich sichtbar werden.

Gross bist du und heilig singt dein Herz und „gross Bin Ich und zärtlichen Geblüts" sing Ich dir immerzu entgegen.

1.16

Friedensfürst von deinen Wangen lächelt einer Menschheit Gottes Güte zu und versieht sie mit Erbarmen und Belehrung, Kontemplation sowie dem Mut, Farbe zu bekennen zur Ideologie des reinen Guten, der sie innig fröhnen soll. Willst du einer von den ihren werden muss es dir gelingen ohne jeden Aufwall von Gedanken haargenau bei dem zu bleiben was Ich dir liebevoll vermittelt habe. Da braucht es keine Argumente um zu akzeptieren, dass die von Mir geäusserten Ideen himmlischer Natur sind und damit von allerhöchster Bildung zeugen. Ein Menschenwesen mag sich noch so weise und bewandert fühlen, immer wird es von Mir hundertfältig überrundet und gesundet werden.

Lobesam ist alleweil, was du dir auf Mich bezogen leistet, denn es trägt den Stempel der Allherrlichkeit und Vatergüte, deren Handwerk im Begeistern und Beseligen besteht.

In Rhythmen lange Ich am ehsten bei dir und damit bei mir selber an, um aufzuschaukeln was erstarrt und zu besänftigen was hoch erregt war in des Lebens Wohlfahrt und Fallaria. Das Vermittelnde, das Ich betreibe, ist immer auch ein seinsbeglückendes und sinnbegabtes Phänomen dessen Leuchtkraft alles in den Schatten stellt von Horizont zu Horizont von seinem Sich-Verstrahlen. Ich bade Mich darin – und du? Deine Ansicht soll dir zur sotanen Einsicht und Begrifflichkeit verhelfen, dass du Bist, von Mir aufs Trefflichste begünstigt und mit allen Wassern abgewaschen, die dich fähig machen, deine Welt und auch die Meine aufs Entschiedenste und Wunderbarste zu begreifen. Das verleiht dir die erhabene Gewissheit von der immanenten Harmonie und Seinsglückseligkeit, in der die wahrhaft grossen Geister sich erleben. Sie schauen nicht nach rechts noch links und gehen ihren Weg genau auf Meinem Strahle, der sie zur Bewusstheit ihrer selbst, zum Klang der Götterharmonien, zur Sagenhaftigkeit Elysiens und seinen Wonnen zärtlich und verschwiegen, freimütig, seelenvoll, inständig und zutiefst beglückend führt.

1.17

Die Poesie des Lebens soll auch dich umgreifen und dir kundtun, dass es möglich ist aus allem einen positiven Schluss aufgrund der Grazie des Himmels und der Einsicht in ihr Regelwerk zu ziehn. Immer wieder musst du dir's gefallen lassen, dass die Angelegenheiten deines Lebens anders als von dir geplant verlaufen. Das ist dann kein Unglück, denn Ich habe dich zu prüfen auf Beständigkeit, Bewegtheit und Vertrauen in das Schicksal, das Ich dir bereitet habe, um dein Menschensein voranzutreiben, zu veredeln und erhöhn. Gehst du in dich, so wirst du, was dich so bedrängt, als Ausfluss Meines planenden Gewissens leben lassen und dich willig der Verordnung Meines Wohlgewissens unterziehn. Nach manchem tapferen Dich-selbst-Besiegen wird dir offenbar, dass du im Vorwärtsschreiten weiser, mutiger und menschenfreundlicher geworden bist nach Meinem Sinne und Bewähren.

Allmählich hast du von Mir eine bessere Meinung als sie vordem war. Du akzeptierst die Unbekömmlichkeiten und Verwerfungen, die dir ein ums andere Mal geschehn und lebst mit ihnen wie mit Freunden, die dich zur glücklichen Erfüllung deines Plansolls führen. Bin Ich dir nah getreten, so fühlst du dich von Meiner Gegenwart geehrt und gibst dich voll Vertrauen dem Arom der Güte hin, die Ich in alle Welt verströme. Die Bedrängnis wird dir zur Beförderung und zur Verklärung deines Weltgewissens, und das ist Meinem so verwandt, dass es nicht mehr zu unterscheiden ist im Wust der Lebenssituationen. Dein Schicksal ist zu dem, was Ich Mir Bin, geworden und dein Streben hat sich Mir verlinkt zu einem einigen, gestaltenden Elan, der sich durch Welten und Äonen zieht.

In dir ist das Unendliche begreifbar und akut geworden, deine Züge sind der Gottheit Zug zum freien Über-sich-Verfügen, zum Selbstvertrauen und zur liebevollen Toleranz dem andern gegenüber, das du als dein Eigenes erkennst und schätzest, willig, rücksichtsvoll, bewundernd, seinsbewusst und wunderbar.

1.18
Wer kann sich rühmen, wahrhaft gross und gütig, generös und graziös zu sein, wenn nicht Ich in Meinem alles überschauenden und majestätischem Gehaben. Wie naiv und spöttisch, arrogant und taubentänzerisch muss einer sein in seiner Roheit anzunehmen, dass es Mich nicht gibt. Nur weil du nichts gewahrst, verkündest du, es sei alles aus sich selber so geworden wie es ist, so genial gebaut und ausgeklügelt, in Betrieb gesetzt und warm gehalten. Den Knallern alle Ehre und ein feines Lächeln noch dazu, ob dem gemeinen Missbrauch ihrer Geistesgaben. Denn Geist vom schöpferischen Geist sind sie, genauso unbestritten, sakrosankt und träf wie Ich es Bin, doch ohne es zu wissen in ihres Unsinns so verhängnisvollem Quirinal.

Dir und allem Bin Ich das verheissungsvolle erste Rad am Wagen, Bin der unermüdliche Motor, der Meine Sache als die Deine antreibt und geflissentlich vermehrt. Meine Kräfte sind auf deinen Einsatz dringend angewiesen, Mein Perpendiculum verfolgt die Zeit in der du für Mich amtest und Gewähr bist für gewissenhaftes Regulieren der Geschäfte, die Ich angezettelt habe.

Das Wort Gemeinschaft klingt gar süss in Meinen Ohren und soll es auch in deinen sein, damit der Friede und die Übereinkunft herrschen zwischen allen, die da ihren Part voll Leidenschaft und Innigkeit verrichten. Eine gute Sache wird auch seinen würdigen Ausgang finden und der Welt damit das Zeugnis geben vom Verdienst, den Gottgefälligkeit gewährt. Es ist nicht irgendwer, den du verehrst und dem du in die Hände schaffst; vom Herrn der Welten kannst du auch allherrliche Erwiderung erwarten. Fliesst von dir ein Bächlein der Holdseligkeit zu Tale, ist es von Mir ein breit gedehnter Strom von Güte und Erhabenheit, von dem die Myriaden dankbar und begeistert zehren. So herrscht in Meinem Reiche und Gewissen Wohlgesonnenheit und liebevolles Miteinandergehn im Sinn der göttlichen Brillanz und Bodenständigkeit, Bewusstheit und verehrenswürdigen Regie.

1.19
Erholung ist bei Mir nicht sehr gefragt, weil Meine Kräfte hemmungslos und selbstbewusst bis ins Unendliche ragen. Willst du ein Wunder sehn, so kann Ich dich in diesem Punkt aufs Trefflichste bedienen. Eine Frage: Gibt es in der ganzen Vielfalt und Verschwendung der Natur auch nur ein einzig Objekt im Reich der Pflanzen, Tiere oder Menschen das sich nicht fortträgt über Generationen sofern ihm seine Lebensbasis nicht entzogen wird? Es ist eine unerhörte Fülle, Meine Fülle, von sich selbst bewusster Energie vorhanden, welche einfach ist in ihrem unerschöpflichen Ihr-Sein-Bewahren.

In diesem Sinne ist es würdig und gerecht für jedes seinsbewusste Wesen das erhabne „Ich Bin" zu sich zu sagen. Alles Weitere ergibt sich aus des reinen Seins unendlich weisem und beglückenden Zusammenspiel. Ich Bin, du Bist und alle sind und läuten sich den Frühling ewiger Beschaulichkeit und Daseinswürde ein. Erkenntnis nach Erkenntnis spricht sich in das Individuelle und fasst es schliesslich wohlgemut und elegant in eins zusammen, das es *ist* und das im Geistraum der Allherrlichkeit und Daseinswonne seinen Ursprung und sein Ziel, seinen Wirkkreis und vor allem seine seelenvolle Ruhe findet.

1.20
Eine Eichel für den König, eine Blüte für die Königin und - fassen sie sie leicht und würdig an, ist alles gut in ihrem Fürstenleben. Von Mir deklassiert ist keiner, selbst wenn er noch so wenig König ist und seine Herzgeliebte – Königin. Ein jeder hat in seinem Stande die geringen oder kapitalen Pflichten bestens wahrzunehmen. Zögern oder sich beschweren nützt nicht viel denn jeder hat die Suppe selber auszulöffeln die er sich vor Zeiten eingeköchelt hat. Es gilt, die ehernen Gesetze, die da sind, geziemend einzuhalten, damit dem Weltlauf kein Gewalten oder Innehalten eingebrockt wird. Meiner Treu, du bist in alles, was sich zuträgt, eingeflochten und versiehst das dampfende Gewebe mit abscheulichem Geschmack oder dem Geruch der Heiligkeit, je nach deinem kleinkarierten oder königlich gewordenen Agieren. Deine Wege sind von Mir getrimmt auf Wohlverhalten, Mut, Agilität und Tapferkeit und dürfen nicht gemeinen Sinns verschandelt werden. Auf jeden Fall hat dein Verhalten ernste Konsequenzen und deshalb sind Einsicht und Gewissenhaftigkeit gefragt in deinem genuinen Vorwärtsschreiten.

Bist du integer, gehst du unbedingt dem Himmelsheil entgegen, dessen lichte Klarheit deiner Seele Sein entzückt und ihr die Schönheit, Harmonie und Liebestrautheit offenbart, die Ich ihr magistral und herzensgut dahingegeben. Die Beziehungen zu Mir sind ständig bildend, weltgewandt und loyal wie immer sie sich in der Zeit ergeben. Alles was Ich unternehme ist in dir und aller Welt aufs Ganze ausgerichtet, das Ich Bin und das für jeden maximale Sicherheit, Beständigkeit und Liebenswürdigkeit bedeutet, wenn er sie nur wahrnimmt in der Lebenszucht und im konstanten Wohlbehüten. In aller Form und Fürbitt rat Ich dir, Meinem Wort gehörig Achtung, guten Willen und Vertrauen zuzuwenden, dann geleitet es dich in den Himmel Meiner Gnade am Geschehn und verleiht dir die Gewissheit von dem Eingebettetsein in Meine Dienste und Gepflogenheiten, Meinen Ruf als Retter von den Weltenübeln und Erlöser ins Unendliche, von dem die Wägsten wie die Zimperlichsten alleweil voll Ehrfurcht Heil erträumen.

In der Flut der Lebensfragen

2.1

Malträtierte können in Mir unbedingt auf schickliche Genesung hoffen, wenn sie nur vertrauensvoll, geduldig und devot jeder Art und Bin die allerbeste Resonanz von ihrem Rufen. Begreifst du endlich, was es heisst, mit dem Unendlichen liiert zu sein und unter in Meinem lichten Vorhof stehn. Ich wappne sie vor Unbill seinem Schutz und Schirm einherzugehn von Tag zu Tagen. Will Ich dir zu gross erscheinen sieh, Ich komme dir auf Augenhöhe schlicht und menschlich, vollnatürlich und beförderlich entgegen. Wenn du Mich jedoch verleugnest und dich nur auf deine eigene Natur verlässest, lasse Ich dich all so lang im Regen stehen, bis du Meiner dich erinnerst und von Meiner Allmacht träumst und sie für dich erbittest in der Flut der Lebensfragen.

Ich zähle dir das Einmaleins des richtigen Betragens vor das interessierte Augenpaar und mache auf Mich aufmerksam, wo immer herbe Nöte sich ergeben. Doch du musst mählich so sensibel werden, dass du Meine liebevollen Gesten wahrnimmst, gerade dann, wenn es dir scheint, du seiest an das Ende deiner Welt und Weisheit, Wirksamkeit und Ausgewogenheit gekommen.

Traure dem nicht nach, was du verloren, aber sei begeistert über alles was du je gefunden, denn das kommt von Mir als Liebesgabe aus dem Fundus der Allherrlichkeit, den Ich diskret verwalte und à jour erhalte in der Tat. Nicht kleinlich sollst du sein, indem du dir an ihm das Beispiel nimmst von wahrer Seinspotenz und Zuverlässigkeit im Überragen.

2.2

Was spricht der Herr: Ich lasse keinen durch die Maschen Meiner Netze fallen, denn Ich ziehe sie galant zusammen wo Gefahr droht und wo Aufbruch nötig ist zu Mir und Meinem Alles-Überragen.

Zu Bewahren sind gar viele vor dem Fall in unwegsame Tiefen, doch wenn sie Meine liebevolle Hand nicht spüren, bleiben sie dort wo sie sind okkult gefangen, bis sie geneigt sind, sich hinweg vom Schauplatz ihres klammen Daseins zu bewegen.

Ohne eigne Motion kann nichts vonstatten gehn; ohne offensichtlichen Elan vermagst du nicht die Kräfte die dir zur Verfügung stehen in Betrieb zu setzen und in gottgefälliges Gehaben. Du blockierst dich selbst und verscherzest dir gar manche einzigartige Gelegeheit, zu Mir zu kommen und von Meiner Heilkraft und Behendigkeit zu profitieren.

Zu Sein und mit dem Sein nichts anzufangen verträgt sich nicht mit Meinen wundervollen Zielen.

Ich wetze manche Scharte aus, doch dieser kann Ich nichts entgegensetzen, ohne deine Freiheit zu verletzen und deinem Unnützbleiben Forschheit anzutun.

Lass dich nicht zur Faulheit animieren, sonst verfaulst du an dir selbst und verpassest den bewundernswerten Anschluss an die Segnungen der Evolution. Ich bleibe niemals was Ich Bin und rede und bewege Mich aus purer Lust am Sein und des Seins Erhabenheit gehörig auszukosten. Mein Banner ist rot weiss, das heisst, die Unbescholtenheit und Reinheit ist mit Strähnen warmen, voller roten Bluts durchzogen. Motion und Motivation sind die Bedingungen des Alls, die Ich zum Triumphieren über alles Resignierende und Tatenlose, Unnatürliche und Stockende erhoben habe. Meine Würde ist des Waltens zauberhaftes Spiel und Meine Wachheit und Entschiedenheit sind die Erfüller wahren Wohlgeratens wie des Wonneseins im Anblick Meiner genialen, liebevollen und bewundernswerten Heldentaten.

2.3

Dein moralisches Gewissen soll dir zum bestgeliebten Erbstück von Mir werden, denn es befähigt dich herzinnige Gemeinschaft mit der ganzen Welt zu pflegen. Bist du fähig einzusehen was dem andern Not tut, stellst du dich auf eine Linie mit dem was Ich schon seit Menschendenken in Perfekto praktiziere. Du magst ansonsten noch so tüchtig und erfolgreich sein im Leben, wenn die dir Anvertrauten unter deiner Herrschaft und Regie zu leiden haben, liegst du nicht so richtig auf der Gottesbahn.

Mir obliegt es, dich zu säubern von den Tücken frevelhaften Unmuts, den du leichterdings um dich verbreitest und dir beizubringen, wie man sich Freunde schafft und haufenweis Bewunderer von dem was du in sagenhaftem Wohlbedeuten intus hast in deiner seinssensiblen Seele.

Schon lange wandre Ich inkognito geduldig und gewissenhaft an deiner Seite, um dich von Fall zu Fall auf die Gelegenheiten hinzuweisen, die es dir gestatten, gut statt eklig, sozial statt radikal und liebevoll statt rüpelhaft zu sein.

Ich traue dir das Allerhöchste zu, was je ein menschliches Gemüt erreichen kann: nämlich die untrügliche Gewissheit davon, als Wesen reiner Geistigkeit im Sein zu stehen, das die Basis aller Weltendinge darstellt wunderbar.

Du bist gerade so wie Ich das Medium der weltenschöpferischen Qualitäten, die Verbindlichkeit, Getragenheit, Mustergültigkeit und immanente Schönheit zeugen. Auf diese Art und Weise wird das Dasein menschenfreundlich, seinsharmonisch, klassisch und bezaubernd schön.

2.4

Konstanz und Billigkeit am Sein und Leben sind wie nichts vonnöten, wenn du reüssieren willst auf der geheimnisvollen Gottesspur, die Ich dir liebevoll zum Pfand gegeben. Da soll es bald und resolut, tüchtig und total geschehen, dass du an Meinen wohlerwognen Satzungen Gefallen findest, weil sie dich auf Wege führen, die dir Heil und Sicherheit, Lebenssinn und Seinsbekömmlichkeit bescheren. Du begreifst, was Ich dir lang und breit erkläre und betrittst damit das Feld der geistigen Potenzen wie der himmelsstürmenden Akteure hochgebenedeiter Wahl. Du erklärst dir alles nach dem Motto: das muss in Gottes Namen und nach seinem Willen und Gesetz genau so sein und muss von Mir befördert, mitgetragen und geheiligt werden. Nur so besteht perfekte Aussicht auf Gelingen dessen, was Ich genialerweise ausgedacht und angezettelt habe. Für Mich ist da kein zwingendes Motiv entstanden, nur allzu vieles jedoch ist für dich und deinesgleichen überlebenswichtig und muss von dir mit Sperberaugen überwacht und gutgeheissen werden.

Manche Strecke, die du wanderst, kann Ich dich nicht mehr begleiten. Ganz allein musst du die Heldentat vollbringen, die von dir verlangt wird lichterloh. Du hast dich für Mich oder wider Mich, dort wo Ich Christus Bin, zuinnerst zu entscheiden. Du weißt: was er getan und was du tust soll als erwiesne Grosstat durch die Menschenzukunft leuchten. Es wird das Opfer deines Erdenseins von dir verlangt und nimmst du es gehorsam an, wird dir ein anderes dafür gegeben, das von lichten Höhen niedergleitet und dich mit der Heiligkeit und Reinheit Meiner Urkraft heiligt und belebt. Du wirst es von Mir wissen und deine Freude wird vollkommen sein in dem was du dir Bist und was das Universum dir bedeutet im Bewusstsein der Allherrlichkeit mit der du es bewohnst und mit welcher Ich dich feierlich und traulich, zärtlich, licht und wonnevoll durchströme.

2.5

Deine Lebenskräfte sind schon immer die der Niederkunft der göttlichen Substanz in dein Weltensein gewesen. Damit wirst du dir spontan bewusst von allem was du Bist und was dein kleines Ego nicht erfassen kann in seinem An-dir-Wüten. Du Bist die reine Gottesfreundlichkeit und Seinsgeschicktheit in Person, wenn du nur weisst sie richtig zu erkennen und benennen und auf dein Leben anzuwenden minutiös und wunderbar. Es gilt, in Würde und Gelassenheit auf Mich und Meinen Schutz Bezug zu nehmen und ohne Furcht und Tadel, Missmut und Empfindlichkeit voranzuschreiten durch erfüllte Jahreszeiten und zutiefst errungene Profile. Musst du dich, allein gelassen, als ein Nichts im Weltbezug empfinden, so trägt dir die Gewissheit Meines In-dir-Seins den Anteil am allgöttlichen Gehaben sein der dir schon immer zustand und dich frei und glücklich macht, beständig und erhaben.

Bin Ich dir väterlich und unerschöpflich zugetan, so sollst du dich auch ohne Unterlass als Sohn empfinden eines Meisters in der Kunst des freien Über-Sich-Verfügens und Sich-Selbst-Genügens. Du schaffst es, wenn du nur immer willst was Ich dir als geschickt und wohlerwogen vor die Augen lege. Deine Kräfte sind den Meinen so verwandt wie Brüderpaare, die sich gegenseitig stützen und befruchten, liebevoll und ohne jeden Anspruch auf Erwidern. Ein Vehältnis reiner Güte soll es sein, das sich im selben Sinn und Geist vollzieht und aller

Welt vor Augen führt, wie es im Grund genommen sein kann im dezenten Welt- und Geisterleben.

Ich bringe dir die Botschaft vom bewundernswerten Herzensfrieden, der die Seinsverständigen beseelt und sie dazu bewegt Allgüte und Gerechtigkeit, Seinsvertrauen und Beglückung auszuströmen.

2.6
Das Ritual der seligmachenden Gebärde

Meinerseits sollst du zutiefst erfahren, wenn du dich Mir hingibst überall und bis zum offnen Gehtnichtmehr. Dir geschieht die Weihung des Allhöchsten an sich selbst und du brauchst deine Lebenszeit nicht mehr zu zählen, weil du dem Ewigen vertraut und angemessen worden bist. Mit jedem Schritte näherst du dich Mir der Ich die Mitte und der Umkreis allen Seiens Bin und immer weiter werde. Meine Universenzüge sind raumschaffend mehr und mehr und befördern überall mit Vehemenz das Selbstbewusstsein, das die gottgesegneten Gemüter in sich tragen.

Was Ich Mir Bin entwickelt sich beständig zu noch höherer Bewusstheit, Sagenhaftigkeit und Qualität, die Ich voll Seele und Ergriffenheit, Wachheit und Charakterstärke intus habe.

Was weiter von Mir aufgedeckt und mitgeteilt, kommuniziert und angeschlagen werden kann ist das Geheimnis Meines Ursprungs, der im reinen Sein begründet ist und sein wird und schon immer war. In ihm ist der Begriff der Zeit vollkommen aufgehoben und so macht es keinen Sinn, darin von Anfang oder Endlichkeit zu referieren. Hingegen muss jedwelcher Ausfluss aus dem Allgewissen aufblühn und vergehn, das heisst das myriadenfältige Geschwader weltlicher Begrifflichkeit ist, kaum begonnen, schon dem Untergang geweiht und mag es noch so lange existieren. Woran die Ansicht deines Hierseins kränkelt ist die Meinung, dass dein eigentliches Wesen leiblicher Natur sei, währenddem es Geist von Meinem Geiste ist in Unvergänglichkeit und unverletzlichem Sich-selbst-Behaupten.

Indem du das erkennst, fällt es dir wie Schuppen von den Augen und du siehst die Welt als Seinsverklärter und Unsterblicher, des Illusorischen Enthobener und Gottgeweihter an, von denen man berichtet, dass sie heil und heilig seien in der Heiterkeit Elysiens, die sie sich beständig und inständig ins Bewusstsein tragen.

2.7

Gesang von Meinem Singen, Liebeslicht von Meinem Leuchten sollst du inniglich vernehmen und davon entzückt sein über alle Massen. Deinem Wohlverhalten halte Ich den Wohllaut der Gottseligkeit entgegen; deinen vielbegangnen Stufen setze Ich dezente neue zu, um dich noch höher, weiter, grandioser, gnadenvoller und bedeutender emporzuführen. Von der Dingwelt setzest du dich mählich ab, damit der geistige Gehalt von dem, was Ich Mir Bin, dich immer intensiver und beseligender pflege. Du siehst dich in den besten Händen, die dich je berührten, um deinem Wesen neuen Glanz und siebenfach geläuterte Geschliffenheit und Klarheit zu verleihen.

Richte deine Seelenaugen zeitig nach Mir aus und beschäftige dich mit den Dingen der Allherrlichkeit, die Mir zum ständigen Gehalt und vielgewohnten Studium geworden sind. Auch dir soll es an anspruchsvoller Unterhaltung und Erbauung nimmer fehlen.

Was glaubst du, dass Ich Mir durch Zeiten und verheissungsvolle Ewigkeiten alles zur Besinnung

auserwähle? Es sind die universenweiten Genialitäten, Kostbarkeiten, Hingegebenheiten und Erspriesslichkeiten, denen Ich Mich ständig weihe, um ihr Dasein zu veredeln und versüssen, aufzuwecken und dem Sinnlied Meiner überragenden Verdienste zuzuführen. Du sollst in Meinem Geiste und von ihm getrieben weiter fahren an der Front der Zeiten mit den lauteren Gediegenheiten, die Ich in Schwung gebracht und ausgehalten habe. Alle Meine Hoffnung ruht auf dir, dem glänzenden Vertreter Meiner Sache und Bejaher der Gesetze, die Mir heilig und bewusst sind über alle Massen.
Wappne dich, um zeitig Meiner Linie und Partei, hochedlen Körperschaft und Mischung zu gehören.
Das Arom der Güte, dem Ich huldige, soll sich auch von deinem Standpunkt aus allüberall verbreiten und neue Werte schaffen von enormer Redlichkeit, Bewusstheit, Heiterkeit und Allegrie, die allesamt von Lebenstüchtigkeit, Herzinnigkeit, Gottseligkeit und Glanz Elysiens triefen.

2.8
Traurig, schaurig, quälen sich die Wesen aller Gattung durch die Lebenszeiten, bis sie endlich Mich und Meinen gloriosen Inhalt, Hinhalt und Aspekt bei sich gefunden haben. Es ist ein langer Weglauf für dich zu beschreiten vom wohlgesitteten und eingemitteten, delikaten und vorausgespurten Bürgertum zum hochbrisanten, kämpferischen, unbeirrten und erhabnen Schreiten auf Mein Gottesziel. Du gewinnst die allergrösste Achtung vor dir selber, weil du Mich erfahren hast in deiner urpersönlich eingerichteten und bestens arrangierten Lebenssituation. Was dir so festgefügt erschien, wird plötzlich in das Zweifelhafte, Unbeständige gezogen. Du hast es nötig,

irgendwelchen Halt im Irgendwo zu finden und findest diesen nur im Gottvertrauen, respektive in des Seins Standarte und Errungenschaft in dir. Deine Wege mögen den bisher verfolgten merklich gleichen, deine Haltung jedoch gegenüber dem, was du dir Bist, hat radikal geändert und du traust dir Dinge zu, die vordem schlicht und einfach ungehörig und für dich nicht denkbar waren.

Es sind die geistigen Prozesse, die der Wandlung und Bewegtheit unbedingt bedürfen. Du denkst dir etwas aus und sollst dabei bedenken, dass du damit Geisteswesen schaffst, die sich unbedingt verwirklichen wollen. Demnach kommt es auf die Güte der Gedanken an, ob deren kräftiger Triade Gottgefälliges geschehen soll in deinem Umkreis und Vermögen. Achte darauf, dass dein Sein und Trachten Meinem nicht zuwiderläuft, damit Ich deinen Einfluss und dein Renommee als nützlich und verbindlich für die Welt taxieren kann.

28.01.2015 Nr. 5253

Komplimente an Mein Wohlsein sind dir nicht gestattet, weil Mein sakrosanktes Wesen in sich selber eternelle besteht, ohne nach Bestätigung zu schielen. Ehre wem Ehre gebührt. Sowie du Mir die Ehr erweisest, ehrst du auch dich selbst und alle Welt, in deren Lust und Lasterhaftigkeit Ich Mich aufs Trefflichste verborgen halte. Was Ich um Mich verbreite ist der Friede in der heiligen Natur wie auch die wilde Wut, wenn ihre Pulse höher schlagen. Was alles hast du ihr getan, dass sie sich aufbäumt und in ihrem Schmerze wütet, wie der losgebundene Orkan.

Über allem aber will Ich dich die Sanftmut lehren, das Gewissen von der Innenstärke und Beständigkeit, die Seinsvertrauen schaffen und dein Selbstbewusstsein Stuf um Stufe heben.

Einsicht in Mein wahres Wesen glättet, liebt und schreitet wohlgesittet und konstant voran, Befriedung und Natürlichkeit verbreitend. Sanfte Winde, süsse Wellen, wärmende Gedanken und Gefühle sind der Balsam, den Ich liebevoll auf Meine Weltenwunden giesse, um ihr Weh dem Heile zuzuführen. Es geht nicht an, allüberall nach Linderung zu streben und dem Überborden weisen Einhalt zu gebieten. Die Kammern Meines Wohlgewissens sind in ihrem Grunde graziös und wunderschön. Jedoch was sie belastet ist der Ramsch den du in ihnen hortest und zum Hallen anregst, ob dem fatalen Minderwertigen das du in sie gestossen. Horten ist ein Übel das verursacht Fäulnis, Unverständnis und Vergehn. Das Aus und Ein, Erhalten und Verteilen ist hingegen eine Wohltat für das menschliche Gemüt, wie für das Meine, die im selben Sinn und Rhythmus leben wollen.

Wird, was du Bist, zum Abgeschnürten von dem wahren Wesen Meines Wohlverstands und Meiner eminenten Güte, empfehle Ich dich Meiner Hilfe um der Lust und Leistung Willen, die dir im profanen Dasein schrecklich fehlen. Ich tendiere dazu, alles Unterscheiden wettzumachen und die arg Lädierten und Frustrierten Meinem Heil und Himmel zuzuführen.

Im Kämpferischen liegt zugleich die Wohlfahrt der Errungenschaften, die daraus erstehn und in der Sagenhaftigkeit der Sphären Meines Wohlbehütens blinkt dir der blanke Lohn für deine Tugend und Wahrhaftigkeit entgegen. Wohl steht es dir an, ein Ankerpunkt und eine stillende Oase, eine merkliche Entlastung und Bereicherung für viele darzustellen, die noch nach innerer Ruhe durstig sind in ihrem Rasen. Sammle du die vielen Schieler nach Gerechtigkeit und Seinsrelieve und biete ihnen den

Beweis in dir, dass das Erhabene besteht und der Erhabene dir seine Würde lächelnd mitteilt und aufs Köstlichste verehrt.

2.9

Den Wohlgesang des Herzens darfst du spüren allsogleich wie Ich dich mit dem Mantel Meiner Güte und Gelassenheit umflore. Weshalb gelingt es Mir genauso tapfer, tunlich keck und makellos zu sein derweil so viele mindere Gemüter noch an ihrer sträflichen Bedenklichkeit und Unentschiedenheit, Manierlichkeit und Kargheit nagen? Das läppert sich für sie zusammen, weil Ihre unité de doctrine arg durchlöchert ist mit Widersprüchlichkeiten, die von Feinden der Vollkommenheit verbreitet werden. Aus dieser Falle kann dich nur erretten, wer mit sich selbst ein Herz und eine Seele ist wie Ich es Bin in kosmischen Dimensionen. Und kosmisch kann sich nur die Geistesfülle fühlen, deren Klang und Rarität, Ureinigkeit und Überlegtheit Ich Mir zugeeignet habe. Nur was sich aus sich selbst gebiert, kann sich allweise und allgütig, stabil und universenfüllend nennen.

Somit ist es offenbar, dass Meines Seins Bewusstheit und Idee von geistiger Beweglichkeit, Kapazität und Überlegenheit erfüllt sein muss, die selbst die wägsten, wissenschaftlichsten, konkretesten und königlichsten Häupter ohne jede Chance suchen.

Wer immer sich anheischig macht, mit Mir in irgendeinem Fache gleichzuziehn, muss die Erkenntnis intus haben, dass er Mich ist ebenso wie Ich ihn Bin in unverwundbar schöpferischen Gnaden. Das ist dann des Welträtsels Lösung und Erspriessichkeit in allen Fraktionen, Supermeditationen und Beständigkeiten aus urfernen Zeiten, die da sind und ihren Wert und Wohllaut in unendlicher Magie und Zauberkraft für alle Zeit erhalten.

2.10

Ich Bin Mir zum Picasso der Sprache geworden darfst du dir als Spruchband vor die Augen halten, wenn es dir gelungen ist, den Klang und Sang von Meiner Götterherrlichkeit und Süsse nachzuahmen. Es ist die Gabe der Verwandlung aller Dinge im Allhier in Gottgegebenheiten, deren Rang und Namen Ihm allein voll Ehrfurcht zugesprochen werden muss. Somit kann dir selber nichts gehören und wenn du dich gerissen oder reich, bedeutungsvoll und wohlgeboren siehst, so sind es eine Handvoll von unendlich vielen Illusionen, denen du dich hingibst in der Unverfrorenheit die dich beseelt. Mir hingegen brauchte keiner so zu kommen, denn in Meiner universenstrahlenden Bewusstheit weiss Ich unweigerlich, dass Ich des reinen Seins Bewährter und Begünstigter, Liebreicher und Beglückter Bin im Eigenlichte das Ich universenweit verstrahle. Wie niedlich scheint mir alles, was Ich mit dem Zauberstab der reinen Willkür wie der genialischen Gedanken Mir erschuf. Es legen sich Mir grandiose Sternenbanner in Ergebenheit und radikaler Rüstigkeit zu Füssen und ergehen sich in inniger Bewunderung von allem was da ist und sich aus Mir erkraftet und belebt. Hier zählt allein und sieggewiss die Ernte, die Ich von der weisen, satten Saat in Meine lichten Scheunen eingefahren habe. Dabei erlangt das Drollige in Mir und Meinem Sinn erhebliches Bedeuten und kann auf keinen Fall besiegt und wegbedungen werden.

Du schaust dahin und kannst Mich nicht an Meinem Werke sehn, weil dich das Äusserliche völlig fasziniert und dir damit die Innigkeit entgleitet, deren Ich Mich rühme. Das Sagenhafte stellt sich vor sich selber dar und braucht sich dessen nicht zu schämen, weil es sich goldrichtig an der ersten Stelle weiss, von der es ausgegangen und an der es noch aufs Innigste, Beglückendste und Auserlesenste gehangen.

2.11

Der Unerschöpfliche schöpft Weisheit in die Sphären und gemahnt dich an die Pflicht, dich ihrer täglich zu bedienen. Sie lässt dein Herz in Lauterkeit erblühn und öffnet dir die Augen für die Schönheit aller Welten, die sie sich zur gloriosen Wohlgefälligkeit erschuf. Aus Meinem Munde sollst du es erfahren, wie beglückend sich der Wohllaut Meiner Güter Meinem Seinsgewissen präsentiert und mit welcher Selbstverständlichkeit Ich überall in Meinem Universenreichtum redlich laboriere. Unübertroffen ist die Kunst zu Sein und Meinen Werten neue, mustergültige hinzuzufügen. Schon naht der Wind der Hoffnung, dass sie sich vor Meinem Angesicht in ihrer Eigenständigkeit und Seriosität aufs Trefflichste entfalten mögen. Für dieses unerhört bedeutende Prospektum setze Ich Äonenzeiten ein, damit sich auch das noch Chaotische und Unvernünftige zum wohlgemessnen Gleichschritt mit der zündenden Idee entfalten möge. Das nenne Ich dann schlicht und einfach die Geburt ins Ewige, an der die Seinsverständigen und Anvancierten ihren glückerfüllten Anteil haben.

Mein Mit-Mir-Eins-Sein sendet unablässig grandios gefächerte Gedanken in die Universenweiten, um sie mit hochbegabten Wesen hierarchisch und salut, kraftvoll, eigenschöpferisch und freien Sinns und Sinnens zu beleben. Ihres göttlich-geistigen Gehalts gewiss, bedeuten sie sich selber, was sie sind und was sie werden wollen vor dem Angesicht der allerhöchsten, allerreinsten Himmelssphären. Ihre Zahl ist Legion und ihres Wirkens Wohlbedachtheit zeitigt morgenstrahlende Beginne und glückseligen Gewinn an ihres Seiens Horizont und Fabelhaftigkeit im Sich-Verstrahlen. Von Stuf zu Stufe niederwärts bis ins konkrete stürzen die Gedankenfluten ihres Fantasierens, denen sie beständig vollen Schutz und ihres steten Daseins Wohllaut angedeihen lassen.

Gerade du bist ebenso wie alle anderen so selbstbewussten Seinsgefährten aufs Erspriesslichste mit denen über dir verbunden und von ihrem gütigen und genialen Geist umwunden, um dich mählich und manierlich wieder dem Erhabenen und Wunderbaren das du Bist voll Eifer zuzuführen. Es ist die grandiose Geisteswelle auf welcher alles sich bewegt, um nach der wissenden Vollendung ihres Weltensinnens wieder in des Seins unendliche Behutsamkeit zurückzukehren.

2.12

Gesagt getan soll die Parole sein, mit der du Tag für Tag in Meinem Sinn agierst und Fröhlichkeit kreierst ob dem Gelingen deiner gottgefälligen Taten. Was dir hier gelungen scheint muss in Meinem Reich noch lange nicht verehrt und hochgejubelt werden, denn es herrschen in ihm viel subtilere und fliessendere Sitten als in Deinem. Der Wohllaut reinen Friedens hüllt dich ein und das Spezifische, das jeder Weltenbürger an sich trägt, wird wesentlich bereichert durch den Seinsgedanken, der die Einheit aller Wesen garantiert und dem menschlichen Gemüt die Geistessicherheit verleiht in seinem Sein und Wesen.

Ich buchstabiere dir das Eins-Sein vor die Augen, weil in seinem Grunde die Vereinigung veranlagt ist, die alle doch so nötig haben. Gleicher Ursprung, gleiches Wesen, Gleichgesinntheit, sind so sehr vonnöten in der Welt der Menschen, die ein Paradies sein sollte nach dem illustern angelegten Gottesplan. Im Erkennen Meiner Geistesgegenwart jedoch wird dir das Unversehrte offenbar, das in den Menschen Auferstehung feiert, die mit gutem Willen an Mir hangen und damit das Paradiesische der Welten wieder sehn. Sie gehen hoffnungsvoll dem reinen Licht entgegen, das Ich für sie Bin und empfangen von Mir die elysische Beseligung, die ihrem wahren Sein und Sinn entspricht wie dem Vollendet-Sein in Mir in ihrem glückerfüllten Leben.

2.13
Wer Mich wirklich kennt, wird an der Sinnlichkeit der Welt nur noch geringen Anteil haben. Sein Interesse geht dahin, recht viel zum Thema Gottestreue und Verwirklichung, Gutherzigkeit und Gutheit zu erfahren. Komische Kauze sind so viele Menschen sich geworden. Sie rennen sich die Füsse wund nach Geld, Gesundheit, Macht, Bedeutung und Vergnügen und nimmer sind sie satt davon in ihrem selbstgefälligen und burschikosen Über-Zeit-und-Raum-Verfügen.

Ihnen würde es wohl anstehn, sich etwas mehr um ihre geistige Identität zu kümmern, das heisst, den Blick auf das Unendliche in ihres Wesens Zauberkraft, Verschmitztheit und Genie zu richten. Die sind nämlich allesamt direkt von Mir in ihre Hurtigkeit geflossen und haben das bewirkt, was sie sich sind und worüber sie sich sehr erfolgreich wähnen. Sie hätten alle Ursach, dem zu danken, der ihr Sein zutiefst befördert und belebt und zu dessen Appendix sie sich mit ihrem Orgueul stilisieren all so lange wie sie es vermeiden, sich zur Geistwelt hin zu öffnen und zu ihrem lichten Wehn.

Haben die Habsüchtigen begriffen, dass sie ihren Habitus zutiefst verändern müssen, einer liebenswürdigen Philosophie des innern Freiseins und der Uneigennützigkeit entgegen, so sind sie auf dem Weg zur wahren Menschlichkeit und zur Erfüllung ihres Daseins mit Bewusstheit vom Unendlichen, mit Sinn und seligmachender Prosperität des Himmlischen in ihres Wesens Sanktuarium und Saitenspiel. Sie sind sich das geworden, was Ich in ihnen zur Vollendung stilisieren will und was das Wunderbare ausmacht, das sie sind in ihrem Sein und Leben. Als vom Gottesgeist Erfüllte sollen sie den Weg des wahren Friedens und des Sich-Verschenkens gehen, damit der Ansatz, den Ich liebevoll in sie gelegt, Entfaltung und Erfüllung finde in elysischer Manier. Ihr Ziel wird zur Bescheidenheit an sich und zur Bewusstheit in den Gottessphären, deren Teil sie sind und denen sie sich vollends zu verschreiben haben.

2.14
Ohne auf Mich Rücksicht und herzinnigen Bezug zu nehmen ist dein Leben eine Farce und ein widerwärtiges Banausenspiel. Auf die Dauer kommst du nicht darum herum, der Welt der Zuckerbonbons und der Schmierereien, der Raubzüge und der Mikrigkeit den Laufpass und Valet zu präsentieren. Was dir so nah war, siehst du zum Kuckuck wohin mählich dir entschwinden und dafür darfst du Himmelsfrüchte ernten, die von Mir ein Zeichen wahren Fortschritts und verehrenswerter Bildung sind. Mach auf die Herzenstür und lass den Lichtgesang der Gottheit in dein Inneres strömen. Verehre, was Ich in dir Bin und verweile vor dem Bild des Absoluten, dem du hörig und gehörig sein sollst in bescheidenen und glückerfüllten Zügen. Du rastest nie mehr aus,

sowie sich deine besten Triebe bei Mir eingenistet haben. Deine Lauterkeit am Sein und Lebenssinn ist Legion und deine Wohlvertrautheit mit dem Ewigen zieht dein Bewusstsein in die Himmerweiten Meiner geistigen Strukturen, in denen sich dein Sein begründet und entzündet zur erweckten Seinskultur, in die die weisen und zutiefst verständigen Gemüter münden.

Schiff ahoi ruf Ich dir zu, sowie du aus dem sichern Hafen deiner Eigenwilligkeiten ausläufst in das Meer und Heer erhabener Gedanken und bewundernswerter Herzgefühle, die den Horizont und Himmel deiner Welt aufs Wunderbarste weiten.

Geht dir die Sonne des profanen Lebens und Gewaltens unter, steigt sie dir zugleich in seinsgerechter Weise strahlend auf in der Bewusstheit Meiner geisterfüllten Räume und Manierlichkeiten. Du schwimmst in Freuden ob der Losgelöstheit die Ich dir gewähre und verehrst was Ich dir Bin im Licht des wahren Seins und der Gewissheit von der ewigen Beschaulichkeit, in die Ich deines Wesens Wert und seligen Widerhall entführe.

2.15

Herzenseinfalt und verbindliche Manieren sind vonnöten für den Einstieg in Mein Reich der Seinsgeselligkeit und Würde am allweltlichen Geschehn. Du magst es wenden wie du immer willst, es geht nicht ohne Mich im ganzen Leben. Blutjung warst du und wenn die Eltern dich geboren, war schliesslich Ich es, der sie dir erschuf. So lassen alle Dinge sich zu Meinem Ursprung führen. Wer sich nicht ungesäumt ins Sein erheben kann bist du, derweil Ich, was du sehnlich willst, schon immer war. Es haftet dir ein Hauch von Meiner Grösse an, die Stufen sind geschlagen, du brauchst sie nur im Schritt hinaufzugehn, um deine blauen Wunder zu erleben. Du näherst dich dem Herrn der Eintracht und Befriedung mählich an und darfst dich ihm zutiefst vertrauen, von Frau zu Mann, von Mann zu Frau und darfst vollkommen auf ihn bauen.

Errate Mich in deines Herzens Falten, wo Ich dich erwarte um dir gut und liebreich, lind und morgenschön zu sein in deinem seelenvollen Staunen. Es ist so wahr, dass Ich dich Jahr für Jahr aufs Innigste begüte und was du Bist beständig hüte als Mein vielversprechendes Idol. Ich traue dir so vieles zu, was du noch nicht begriffen und schaue zu in allergrösster Ruh bis du begreifst was Ich schon vor Äonenzeit begriffen.

Wer Mich gewähren lässt wird bald in seinen eignen Wundern untergehn und darauf Meine akzeptieren. Da weht ihm dann die blanke Güte an von Mir und Meinen Komparsiten.

Du bist so weise wie Ich's Bin, sowie du Meiner Stimmung Folge leistest und damit einen Seelenabgrund überquerst. In Liebe wachgerüttelt will Ich dich noch heute vor Mir sehn und deine Pfunde wiegen und ins Büchlein schreiben Meiner unerschöpflichen Gewähr. Was willst du mehr, als nach Mir langen, wo willst du hin, als in Mein Reich der hunderttausend Liebesgaben?

2.16
Wartest du, ist dir der Schritt behindert und dir selbst entschwindet alle Ruh. Hast du wieder sichern Tritt gefunden, kehrt die Freude dir zurück am Sein und Dich-Erleben. Ist es dir beschieden kämpfend und gewinnend durch das Lebenstal zu schreiten, kann nur Ich der angemessene Begleiter sein auf deinen kujonierten Wegen. Es stellt sich dann heraus, dass sich die Schwierigkeiten bald im Nichts verlieren,

derweil du frank und frei einhergehst, mit dem Lobgesang der Gottgesegneten im Herzen. Was Ich dir biete, ist in jedem Fall ein kräftespendendes und auserlesenes Elixier der göttlichen Vernunft, die hocherhaben über allem ist, was dich bedrängt und an dir wütet. Alles was du so empfindest ist dir und deinem Wesen zugedacht, um dich zu kräftigen und deine Wohlfahrt wunderbarerweise zu vermehren. Licht vom Lichte darfst du trinken; Meine Gegenwart beschert dir allerhöchstes Wohl und lässt dein Sosein in die Arme der Glückseligkeit Elysiens versinken. Was dein Leben krönt, ist die Beständigkeit, mit der Ich dich zur Räson der Gerechten Gottes rufe. Sie haben ausgeharrt, wo viele andere versagt und aufgegeben haben. Sie sind nach dem Willen des Allhöchsten vorgegangen und haben Geistesschätze angelegt, von denen sie nun seelenvoll und überglücklich zehren. Von ihnen darfst du dir ein wunderbares Beispiel himmlischen Vertrauens nehmen. Du bist gehalten, für alles was Ich und die Welt in deinem Umfang fördern, tapfer und in allem Ernste einzustehn. Das ist dann die Art und Weise weisen und vollgütigen Lebens, die Ich Mir ausgedacht und in die Weltenweiten ausgerufen habe. Vernimmst du sie und nimmst sie warmen Herzens auf, bist du zum Sein gelangt in Meinen hochgebenedeiten Sphären. Du schwimmst in Freuden ob der Seinsgerechtigkeit mit der Ich dich begabe und lässest dirs wohl sein in des Himmels Tugend, ewiger Jugend und im glanzdurchlichteten Azur.

2.17

Hat dir die Welt auch deine Unschuld weggenommen, sieh, Ich geb sie dir zurück in allem Ernste und mit einem vielversprechenden und liebevollen Lächeln auf den Zügen. Nur dass du dann erkennst, mit welcher Güte und Gelassenheit Ich dich begabe, um deinem Wesen eine neue Richtung und Verbindlichkeit, Manierlichkeit und Würde vorzugeben. Immens ist, was Ich für dich leiste, um dir die Möglichkeit zu geben deine Pläne auf planiertem Grund und Boden zu verwirklichen und dabei in deiner Ahnenfolge grandios herauszukommen.

Alles lässt sich trefflich an, was du in Meinem Amtsbezirk und unter Meiner fabelhaft gestalteten Regie errichtest in der Lebenszeiten Schoss. Du veräusserst, was du Bist, doch Ich ersetze die von dir verschenkten Gaben mehrfach, dass du reich und reicher wirst in deinem Ansehen vor dir selbst und Mir.

Schweife nicht umher, ohne dass du damit einen Nutzen und ein Sinngebet verbindest, denn zu kurz sind deine Lebenstage angesetzt, als dass du sie verschwenden könntest solala, frivolerweise und banal. Solches Tun und Trachten klingt wie Hohn auf alles was Ich mit so viel Genie und Kreativität versehen habe. Nur zum Guten sollst du sie verwenden und dabei unverwandt dem Allerhöchsten seelenvolle Referenz erweisen.

Sowie du mit Mir eins bist bis zur letzten, seinssensiblen Faser deines Wesens, wird dir die Verwandlung ins Allgöttliche zuteil, das heisst, dein strahlendes Bewusstsein weiss sich ins unendlich Kosmische erhoben. Deines Wesens Attribute sind dir offenbar als Leib-Sein, einem Pünktlein gleich geworden und als Geistgebilde völlig freier, unbeschwerter, gottgesegneter Natur, in dessen Parität mit Mir sich trefflich wohnen lässt dem Weltenlicht ergeben.

2.18

Die Meinung von Mir selbst besteht aus der Gewissheit, dass Ich Sein vom Sein bin in unendlich friedevoller, freier und allgöttlicher Manier. Ich begreife was so viele keineswegs begriffen haben und erfahre Mich als ES von ewig unverwüstlichem und unerschöpflichem, lichtvollem und bewusstem Rang und Namen. Schaffe du dir Argumente an, die dir, was du Bist, beweisen. Ich helfe dir dabei mit Herzensgüte und gottseligem Verstand, damit, was einmal doch geschehen soll, effizient und rasch geschieht als Weltenwunder erster Güte, Glorie und Qualiät. Schon sprechen dich die Engel deines Herren innig an, um dir das Mass mit dem du künftig messen sollst gehörig einzuflössen. Sie werden dir in deinen Träumen von der Welt noch Manches offenbaren, was dir verwegen und unglaublich scheinen mag, doch werden sie dich restlos überzeugen, wenn du nur guten Willens bist und deine Seelenaugen offen hältst in gottgesegneter Manier.

Ich wende Mich dir zu mit der erklärten Absicht, dich all so lange zu umgarnen und zu schulen, bis du vollends integriert bist in Mein Team der seinsergriffenen Gemüter, dessen Wille, Labor, Sehnsucht und Regie es ist, sich schleunigst unter Meinen Fittich zu begeben, um des Seelenheiles-Willen den er ihm gar liebevoll gewährt.

Was Ich dir frei heraus empfehle, ist sehr wohl begründet in dem, was Ich mit der grandiosen Geste der Allgöttlichkeit und Weltenliebe ein für alle Mal errungen habe. Selbst für Mich ist das kein Kinderspiel und es macht Mich wütend, wenn von Mir gesagt wird, alles laufe Mir wie's feine Silberfädchen leicht und hurtig von der Hand, kaum, dass Ich's Mir ideenhalber ausgeheckt und in den Kopf gesetzt, klargemacht und ausbedungen habe.

Die Dimensionen sind enorm, in denen Ich die Galaxientage, Galaxienjahre und bewundernswerten Schwünge angesetzt und fabelhafterweis verwirklicht habe. Im Bewusstsein ihrer Herrschaft über kleinere Gebilde sollst auch du dich überglücklich in den Universenweiten heimisch fühlen. In ihnen Bist du das, was Ich die Einheit aller Dinge, Wesen und Gewalten nenne in des Seinsbewusstseins abergründigem Mysterium, an dem Ich innigen Gefallen finde. Es leuchtet auf im Zeichen der Allliebe, die vom einen Ende bis zum andern reicht der Sternenmilliardie im Regelwerk der göttlichen Ideen, die Ich Mir zur Erbauung, Selbstbewunderung und unbeschreiblichen Beglückung zugeeignet habe.

Der Begriff von Sein und Werden

3.1

Mit Experimenten muss man Mir nicht kommen, denn Ich weiss bei allen schon im voraus wie sie sich verhalten werden. Du aber schuftest, zählst und spekulierst und dringst doch nur zur Hälfte in das wahre Wesen dessen ein, was du so akribisch untersuchst. Helle Köpfe kann Ich brauchen, doch noch viel viel heller ist der Meine, dessen Glanz von Stern zu Stern sich breitet und der behutsam über Myriaden Galaxien gleitet ihres Zustands Sagenhaftigkeit beständig zu vermehren.

Wenn Ich komme, weht der Wind der Herzensgüte und Gelassenheit durch deine Sphären. Ich ordne an und überall beeilen sich die Geisteskräfte, Meinem Willen Nachhall und natürliches Gedeihen zu verschaffen.

Einer grandiosen Fuge gleich gesellen sich die Wesensglieder Meiner Welt zu einem Wohlgesang von meisterlicher Qualität und rhythmisierter Wohlbemessenheit, die ihresgleichen suchen. Alles Ich Bin äussert sich sowohl in Rhythmen wie in unnachahmlich seelenvollem in Sich-Selbst-Beruhn. Das stellt die Quadratur des Kreises nonchalant und offensichtlich dar, wie es ausser Mir noch keinem ist gelungen.

Überhaupt ist der Begriff vom Sein und Werden genuinerweis von Mir geprägt und ausgerufen worden. Du tust gut daran, dich zuhinterst in der Reihe Meiner Genialitäten einzufügen, denn sie sind allesamt von einer überragenden und sinngeladnen Nützlichkeit, denen deine nimmermehr das Wasser reichen. Was von Mir kommt, hat den Grad vollkommenen Vertrautseins mit den ewigen Gesetzen hundertfach bewiesen, so dass in Meinen Zirkeln, Zentrifugen und Verausgabungen nicht der Hauch von einer Unbedachtheit oder

Lässigkeit zu finden ist im Reichtum Meiner Sphären.
Schickst du dich an, es Mir auch nur im Ansatz gleich zu tun, kann dies dir nur gelingen, indem du Mir in deinem Innesein gehörig freie Bahn gewährst und unbeschwertes Über-Mich-Verfügen. Dich als Mein Werkzeug zu betrachten ist der Klugheit Anfang und der Weisheit Ende quer durch dein allmenschliches Latein, das dir so träf und wacker scheint, noch ohne es zu sein in seinem trockenen Verhalten.
Was sich in dir regen soll, ist die Einsicht in die seinsvollendete Gebundenheit an Meine götterlichten Züge. Sie allein verschafft dir den Genuss von Meines Freiseins Attitüde und hisst dich als die Fahne der sublimen Gottgerechtigkeit und Gottesliebe hoch hinan bis in den Himmel Meiner wonnevollen, ewig heiteren und liebenswürdigen Unendlichkeiten.

3.2
Wer darf die Früchte seines Seins in unnachahmlich stilisierter Heiterkeit und Liebenswürdigkeit geniessen? Ich allein in Meiner gottgesegneten Allüre und Beweglichkeit, inzwischen zu den Toren der allheiligen und viel geschmückten Himmelsstadt Jerusalem gekommen. Jedoch der Seiende genauso Bist auch duh von dem gesagt wird, dass er Anrecht hat auf alles, was da ist, und dass sich ihm die Schleusen der allherrlichen Verdienste öffnen, die Ich für ihn gehortet und in der Unendlichkeit des Geisteshimmels angesammelt habe. Eines ist das Wissen um die Schätze, die im reinen Sein für dich bereitstehn, ein anderes, dass du sie dir eroberst in der Zeit der Ernte, für die Ich dich in absoluter Folgerichtigkeit und Weisheit auf den Erdenplan verwiesen.

Das zu erkennen und mit dem Gottesnamen zu benennen ist dein zeitlich Los und lässt dich nimmer ruhen, bis es dir zur wunderbaren Wirklichkeit geworden.

Was dich bei Mir erwartet, ist ein Sinngedicht von auserlesner Süsse und von einer Klarheit des Gewahrens, die dir unerhörte Sicherheit und Eigenständigkeit verschafft in deinem vordem so markanten Vagabundenleben. Du hast den Dreh gefunden, der dich von der berühmten Trülle niederwertiger Geburten zu der einen führt, in der du dich als DAS erkennst, was ist und was mit majestätischer Gebärde alles von sich weist, was es zaghaft, zimperlich und kleinlich machen will in pausenlosen Prüfungen und Nöten.

Wer kann dir Kraft und Einsicht in die so ungewiss erscheinende und marmorierte Menschenzukunft geben? Ich allein, der Vater aller Dinge, dessen Güte und Wahrhaftigkeit darin besteht, dass er sich allem, was da ist, als das lebendige Leben mitteilt und verschwendet, ohne jemals nach Entgelt dafür zu fragen. Du allein bist es, der sich vom Segen der Allherrlichkeit enthält, verführt vom Unverstand der Zeiten und Gelegenheiten unwirsch, lieblos, selbstgefällig und allherrscherisch zu sein in deinem kritzekleinen Reich im Irdischen, das Ich dir zur Entfaltung hingegeben.

Mit Vehemenz gewöhnen sollst du dich daran, in Meinem Sinne Sühne und Salut zu leisten dort wo Ich dich voll Erbarmen und Gelehrigkeit an deinem Schicksal hingewiesen. Was du zu erfüllen hast sind alle Lücken, die sich noch im Standbild deiner Stattlichkeit befinden. Dann stehst du da als einer dem nichts fehlt und der in seiner makellosen Blüte Früchte zeitigt von erhabenem Geschmack wie von der sanften Süsse, die von Himmelsregionen was versteht in sagenhafter Übereinkunft mit dem was

Ich ihr Bin und damit dir in deinem höchlich Dich-Verwundern.

3.3 Wer sich für sich selber rationiert und sich an alles, was da ist, verausgabt, ist ein Nichtsnutz und Verschwender an den Gottesgütern, die Ich ihm fürs ganze lange Leben mitten auf den Weg gegeben. Hältst du dich für fleissig, so befleissige dich, mit den trefflichen Talenten Meiner Lebensmitgift etwas Nützliches und Wohlbedachtes anzufangen, statt deine Kräfte, Säfte und Besonderheiten zu vergeben und die präziosen Zeiten noch dazu. Das ist deine Schande, dass du mit so vielem spielst und es damit verscherzest, ohne zu bedenken, welchem Herrn du das Vertrauen, das er in dich setzt, entziehst, akurrat zu deinem Unheil und Verderben. Ich aber will dich trotzdem früher oder später tüchtig, züchtig und in Meinem Sinn betriebsam sehn, damit die Prophezeiung sich erfülle: Niemand soll verloren gehn, vielmehr will Ich ihm durch Prüfungen, Kalamitäten und Beängstigungen Püffe noch und noch versetzen, bis er sich dazu bequemt, um Hilfe aus den Höhn zu flehen in der Seelennot.

Für aberviele ist der Weltlauf keine Zierde, doch für Mich ist er ein Ansporn für das Menschenvolk, sich selbst zu finden und Vertrauen aufzubauen zu dem Unsichtbaren, der da lenkt und Einheit will in grandiosen Zügen.

Nicht von hier und dennoch liebevoll verbunden mit dem weltlichen Getriebe Bin Ich durch den Christusgeist mit dir und allem im urewigen Jetzt, das weder Anfang noch Finitum kennt in seiner Glorie und Götterspielart, Sanftmut und Bewusstheit, Siebenseligkeit und Weltenliebe, licht und klar.

3.4

Sendung heisst: Aus Meinem Licht hervorgehn und der Welt als Vorbild leuchten für ein Wesen, das Gottseligkeit erlangt hat von der Art und Weise die Ich meine in der seelenstaunender Bravour. Nun geh Ich aus Mir selbst hinaus, um alles das als was Ich Mich erfühle universenweit hinauszutragen und von innen her zum Sterngeleucht und Sterngeläut zu bringen. Es kommt Mich allergrösste Ehrfurcht an vor Meiner eignen Schöne und was Ich Bin und was Ich kann das löst sich auf in reinen Ätherklingens Töne. Da bist du Mir, da Bin Ich dir ein Wesen von demselbenso Strahl, dass beide eins und einig sind in unnachahmlich liebevollem Sich-Versöhnen.

Was klappert da, was regt sich da: es ist die uraltalte Schlange des Neids auf was Ich Bin und habe. So trennt sie sich und ist nicht Mich in feuerspeiendem Gehabe. Ich aber Bin der reine Sinn und sie will Ich verachtend Un-Sinn nennen und jeder kann, ob Frau ob Mann sich selber wie er will benennen.

Willst du ins Kleine oder Grandiose eingehn, immer bist du doch im Einen und willst dich dem, was du schon Bist, aufs Innigste vereinen. Was kann Ich für dich tun? Es ist der Liebe linder, liebevoller Strahl, den Ich dir gütlich sende aus Meines Weltengeistes Saal und wohlbehütetem Gelände. Kannst du dich an ihm erwärmen? Ja, wenn du nur auf Ihn achtest, statt auf dich allein und auf deinen arg verbogenen und malträtierten Heiligenschein.

Allein was Ich in dir Bin ist es wert erwähnt zu werden, denn etwas anderes gibt es nicht und was du immer Bist und bleibst und röhrst und rackerst, treibst und stillst auf Erden ist im Geistessinne Mein allherrliches Bewegen.

Solang du glaubst, du seist etwas, bewegst du dich im Kreise. Erst wenn du nichts mehr bist, bist du zuinnerst Meine Weise. Hast du begriffen, ist das Weisesein so zart, so liebevoll in deines Seins Gemach geschlichen und nimmt dir sachte jeden Groll hinweg von deinen Lippen. Ich sehne Mich nach dir sowie du bist des Herzens Sehnen nach dem was in dir ist in einem unermessnen Angewöhnen.

So ist es gut und bist du auf der Hut, wird dich der Hüter finden und dir voll Anmut und Verlässlichkeit, galant und liebevoll ins Ewige zünden.

3.5
Applaus für alle die da kunstbeflissen die lieblichsten Register ziehn und tüchtig auf die Pauke hauen in des Lebens so sinfonischen Geflüster auf des Seins geflügeltem Altar. Auch du bist einer, dem viel zugemutet wird im Grenzland zwischen deinen hiesigen und Meinen überirdisch angehauchten Kapriolen. Da braucht es für dich nicht mehr allzuviel, um auf Meine lichterfüllte Seite zu gelangen. Du brauchst sie nur von Tag zu Tag mit innigerer Anteilnahme zu erschauen, bis dir ihre Wirklichkeit plausibel und gewiss ist im bewussten Hinterfragen.

Was gigantisch ist braucht demnach grandiose Kompositionen um erreicht und sachgerecht erobert und besetzt zu werden. So das Seinsgebiet, das Ich mit unnachahmlicher Geduld und Grazie verwalte und erhalte, um aus ihm heraus mit sagenhafter Sicherheit und Wohlgefälligkeit zu operieren. Was Ich von Meinem Standpunkt aus erreiche ist seit eh und je Legion die von niemand, meint er noch so wissend, weise und prägnant zu sein, auch nur im Ansatz überboten werden kann. Sei es in irdischen, geschweige denn in geistigen Belangen, erscheint

Mir jedes Grossmaul wie ein kläffendes Gebiss, das warme Luft verpustet, ohne die geringste Wirkung zu erzielen.

Was dein Sinn und Sein jedoch von Mir und Meinen Geistheroen zu gewärtigen hat ist blanke Scharfgeschliffenheit im Definieren was da ist und was geschehen soll in Meinen exzessiven Weiten.

Von gewaltigem Vollbringen reden ist ein Ding, es auch gestalten und durchwalten in Äonenwassern, Windungen und Qualitäten ist ein anderes von überragendem Konzept und von unbeugsamem Willen auf genialem Kurs gehalten.

Das Bin Ich und das Bist du in meisterlichen Schwüngen, Fabelhaftigkeiten und gediegnen Resumees. Darauf müssen Seinsbewunderung, Erhabenheit sowie allherrliches Bewusstsein folgen die von Mir zu dir voll Lust und Zartheit emergieren und das Ganze in Gottseligkeit und Würde, Sagenhaftigkeit und Daseinslust aufs Trefflichste beschliessen.

3.6

In weltliche Belange mische Ich Mich selten ein, da lasse Ich dir freien Auslauf im Betragen. Doch hast du Mir darüber Rechenschaft zu leisten was du tatest und in Meinem oder deinem Sinne offenlegtest im so sehr gesprenkelten Allhier. Aus dem partiellen Chaos das du angerichtet hast ist leider zu ersehen, dass du noch in Kinderschuhen steckst was Evolution zur Göttlichkeit betrifft und von dir erreicht und eingehalten werden sollte. Veränderungen erster Ordnung tun dir not, das heisst, du hast zum Gottesgeist zurückzufinden, der dich zwar wie eh und je belebt, doch im Verborgenen, so dass du glaubst dein Wesen ganz allein nach Strich und Faden, Zyklus und Gerechtigkeit zu dirigieren. Das ist dann dein

Verhängnis all so lange, bis du einsiehst, dass dir Kräfte göttlichen Formats zur Seite stehn. Das verändert deine Ansicht von der Welt und von dir selber radikal. Du fühlst dich wie aus aller Not herausgehoben und in deinem Seinsgefühl dem ganzen Sternenhimmel zugetan. Gern lässest du das Göttliche den Fortgang deines Lebenswegs bestimmen und badest dich in dem Gedanken, dass daraus für dich die grössten Wohlbekömmlichkeiten resultieren. Das Geistige beginnt dir mehr zu sein in seinen Über-Dich-Verfügen als das erdgebundene Geratter, das dich so nervös macht und allwie zu einem Nichts zerrieben.

Ist die grandiose Wendung dir geglückt, beginnst du wahre Freiheit und Erhabenheit, Losgelöstheit und Valet vom Irdischen zu atmen. Du gewinnst was du verloren hundertfach zurück in Meiner Arme all so zarten Übergreifen. Der Wechsel des Regimes von dir zu Mir hat sich gelohnt wie auch das neu Verbürgte aller deiner Taten als von Mir getan.

Dezent und kostbar ist, was so an dir geschieht und was dich jubeln lässt aus ganzer Seele Mir entgegen. In der Vereinigung mit Mir hast du das höchste Gut das ist errungen und in der überird'schen Wachheit deiner Züge darfst du unvermittelt Mich gewahren. Dein königliches Weilen ist auf Mich fixiert und deine ganze Liebe gilt dem Einen, das dich nährt und hütet, austariert und mit den Himmelswerten schmückt die es dir liebevoll und lind dahingegeben.

3.7

Unruhig ist die Vorstadt und mit Vorurteilen und Befürchtungen belegt, bis du Mein städtebauliches Talent bezaubernd über dich hinaus gewachsen siehst als über alle noch so mächtigen Agglomerationen, der Lebensunruh wie der Masse der

Befürchtungen und Unbotmässigkeiten preisgegeben. So bist du all so lange bis Mein Seinsvertrauen, Meine Friedefertigkeit und Meine Herzensgüte in dich eingezogen sind aus der tiefinnigen Begründung Meiner Ich-Natur. Auf diese Weise habe Ich Mich mancherorts gebührend eingeführt und etabliert, um eine Welt des Wohlbefindens und der Seelenstärke, der Unbeschwertheit und Vertrautheit mit dem Allerhöchsten zu begründen. Diese Konstellation hat sich bis heute so erhalten, nur dass Ich von dir erwarte, dass du um Vergebung bittest für dein Fehlverhalten und zugleich den starken Willen äusserst, Mir geziemend nah zu kommen in dem Geist den Ich allüberall gar liebevoll verbreite.

Hast du bislang geblendet und dir Bewunderung erschlichen, wandelst du dich dahin, dass du einsiehst wie ein Höheres dich stets befruchtet und belebt zu deinen ausgezeichneten und wundervollen Taten. Du trittst in Ehrfurcht und gewissenhaftem Staunen vor den hin, der alles wieder gut macht, was du unbedachter- und frivolerweis an dir und Mir verbrochen. Das bedingt Vertrauen Meinerseits darauf, dass du dich um besseres Gebaren und Verfahren, Deinen-Wert-Bewahren und Dich-selbst-Beherrschen auch bemühst.

Dich belehren mag Ich nur, solang du Willens bist, Mir zuzuhören und die Räte zu befolgen, die Ich dir voll Inbrunst und Vertraulichkeit zu Füssen lege. Indem Ich Mich an dich verschwende darf Ich auch von dir erwarten, dass du schätzest was Ich dir vergeb und an die erste Stelle setzest deines Wollens und Gestaltens, zielbewussten Handelns und Dich-selbst-Verwandelns im alltäglichen Betrieb. Das zeugt dann Freundlichkeit und Freundschaft allem Leben gegenüber das da ist und ist von Mir gespendet und bestritten, wohlbewahrt und auf den Punkt der guten Sitten und Ergebnisse gehoben. Wie kannst du da noch zögern, in die Seinsgemeinschaft Meiner Lieben einzutreten und vor allem selber lieb und gut zu sein Mir und den Welten gegenüber, die Ich zur Entfaltung und Erhabenheit erschuf. Dann wirst du dein Sein voll Ehrfurcht und Ergebenheit als Meins betrachten und dich hüten auch nur den geringsten Meiner Wünsche nach vollendeter und ungekünstelter Noblesse zu verletzen. In den Himmel Meiner Güte gehst du ein und wandelst tief beglückt und lächelnd durch Elysiens Fluren, deren Anmut Bände spricht von Schönheit, Wohlgewogenheit, Gestilltheit und Gelassenheit auf des Allmächtigen bewundernswerten Spuren.

3.8
Ruhe, ruhe, ruhe im allheiligen Bezirk, den Ich in Meinem Sein dafür errichtet und zum Inbegriff der Unbeschwertheit, Heiterkeit und Daseinswonne ausersehen habe. Hier oben scheint Mir alles Weltliche entsorgt zu einem unsagbar bedeutungslosen Schimmer von verblassenden Vergänglichkeiten. Seelenseligkeit im Wohlgefühl Elysiens und Wonne des Gerechtseins an Mir selber ist in dieser reinen Helle Mein bewunderswerter Stil. Stille und Erhabenheit begleiten Mich durch das Aeon des göttlichen Substanzgewinns im fabelhaften Weilen und bedeuten Mir was allen frommt die sich ins Unendliche zurückgezogen haben. Mein Sein ist wie die lautere Verfügbarkeit bezaubernd schön und aller Friedefertigkeit geweiht die Mich für eine Ewigkeit beseelt.
Auf gute Sicht ist alles wesenhaft um Mich gebreitet; unzählbar sind die Möglichkeiten, die Ich in das künftige Geschehen investiere. Wonach Ich

trachte ist der Ausgleich zwischen meisterlicher Tätigkeit und inniger Gedankenruh für die beiden Ich viel übrig habe. Meine Kräfte wachsen ins Unendliche solange Ich sie nicht gebrauche und sie nehmen sachte ab, im sich unendlich weitenden Gefühl. Immer jedoch Bin Ich heiter ob dem vielen das Ich hier vollbringe oder reflektiere nach vollbrachter Heldentat.

3.9
Wermutstropfen fallen in Mein formvollendetes Gemüt, wenn Ich die Miseren sehe die sich auf dem Erdball so verderblich und polypenhaft verbreiten. Riesenhaft gewordene zum Paar vereinte Gegensätzlichkeiten halten Mich auf Trab im Schlichten und Besänftigen, Vereinigen und Wohlgewogenheit-Verströmen. Den vielen die die Welt nicht mehr begreifen Bin Ich sicheres Geleit zu neuen Ufern der Beharrlichkeit im Guten und zur Bodenständigkeit in der bewussten Anteilnahme am Geschick der Schwergeprüften auf der Wanderschaft zu besseren Bedingungen im langgedehnten Leben.

Ich mache Mir nichts vor, wenn Ich bedenke, mit wie viel kargen Jahren noch zu rechnen ist, bis im Allgemeinen wieder mehr Vertrauen aufblüht und die Menschen sich aus ihrer wuchernden Begrenztheit schälen. Sie gelangen dann zur Einsicht, dass die Lebensdinge sich nur noch mit Gottes Hilfe und Begütigung zum Guten wenden lassen. Das ist Mir auch sonnenklar. Indem Ich in den ängstlichen Gemütern wieder Mich erlebe kann Ich Meinen wohlbedachten Einfluss geltend machen und dem Unheil so die Stirne bieten in der Welt Gepränge und erschütterndem Agieren.

Von Meiner Warte schweift der Blick sowohl ins untere wie auch ins hocherhabene Gebaren. Hierin sind Götterfleiss und reger Austausch von bezaubernden Verbindlichkeiten und Amouren, Redlichkeit und Wohlgesonnenheit zu konstatieren. Jeder schätzt des andern Gut und Blut und lässt die Torheit des Sich-Übel-Wollens tunlich fahren. Die Kunst der eloquenten Grossmanier hingegen wird geübt und Klebriges wird reingewaschen in der Atmosphäre reiner Güte und Gelassenheit, die in diesen hochdotierten Sphären dominieren. Wer rudert mir da, wie im Boot, beherzt und wohlgemut entgegen? Du in deiner Überzeugung von der Welt der hochbegabten Geister, die in ihrem Umkreis und Revier für Ordnung, Heiterkeit und majestätische Gesinnung sorgen. Mit ihnen in Gedanken zu verkehren wertet auf und zieht dein strahlendes Bewusstsein himmel an, wo es in gläubigem Erwarten konsequent und liebreich ist von Meinem Strahlenlicht umgeben.

3.10

Meister sollst du werden in der Kunst des wahren Seins in den Dominien von Meiner Kraft und Süsse, Meinen Himmeln der Gottseligkeit und überragenden Gedankengänge allesamt von Mir. Es tönt wie eine schlichte, lautere Legende, wenn Ich dich darüber informiere, dass es einmal nur des Geistseins makellose, kapitale Grösse gab, die sich als das erhabene „Ich Bin" verstand im absoluten Wohllaut seines Existierens. Aus seines Willens Mächtigkeit und seinem kreativen Pulk von keimenden Ideen emergierte alles was da ist, dem einen, Überwältigenden zugetan. Impulse geistigen Geblüts bewirkten Raum- und Zeitbegriffe, in deren wachsender Unendlichkeit das Kommen und Vergehn erstand. Das ist der Anfang der Äonen, Welten, Galaxien und Vermenschlichungen, die Mich sind in ihres Wesens fabelhafter Feinstruktur.

"Ich Bin" darfst du aus diesem Grunde zu dir sagen, dem Keim und Ursprung alles dessen was du Bist auf wunderbarer Spur. Das Geschaffene an dir vergeht, das was Ich in dir Bin besteht und lässt in alle Ewigkeit sein glückerfülltes Sein in alle Weiten fahren.

3.11

Das Söhnliche ist alleweil in höchst persöhnlicher Entschiedenheit dem Väterlichen liebevoll verbunden. So darfst auch du, als aus dem reinen Sein entsprungen sicher sein, per se am Göttlichen so liebevoll dir zugewandten teilzuhaben. Das aber hebt dich auf das Niveau des bedeutendsten der Herren die da sind und die naturgemäss dem, was aus ihrer Bastion entsprungen, ausgesuchte Achtung zollen und ihm Beförderung, Verständigkeit und Vaterliebe angedeihen lassen. In Meinen Regionen ist das so und demzufolge ist es dir anheimgegeben, deine Lebenssituation als sehr bedenklich oder als von höchster Warte aus bevorzugt einzustufen. Jedenfalls auf Mich kannst du mit vollem Rechte zählen, nur dass du Mir unendliches Vertrauen und entschiedene Verehrung zugestehst. Das Gefühl der Seinsverbundenheit verleiht dir das gewisse Etwas das du brauchst, um deinem Leben Inhalt, Zuversichtlichkeit und Kontinuität bis ins Unendliche zu verleihen. Du wirkst aus deinem Dasein eine wohlgeordnete Figur deren Dispositionen sinnvoll, wahrhaft zukunftsträchtig und über alle Ängste, Bevormundungen und Verstrickungen erhaben sind.

Ich verschenke dir zu allem was du Bist und tust das ehrenvolle Seinsgeläut an dessen Attitüde du gesundest und schliesslich heil und kraftvoll, unbeschwert und liebevoll einhergehst, dich als

Wissender an alle Welt verströmend in Gottseligkeit, Gelassenheit und gütevollem Wohl.

3.12

Ein Hüttenwerk ist zwar mit Lärm und Hitze eng verbunden, doch in ihm entsteht der Guss zu neuen Formen, Verbindungen und Nützlichkeiten für des Menschen Wahlrecht, Wirksamkeit und Wohl. Du hast im Leben zu bedenken, dass alles Angenehme und Begehrte seinen Preis hat und diesen hast du, früher oder später, wohl oder übel bis zum letzten Heller zu entrichten. Wie du zu bezahlen hast ist oft mit Schmerz verbunden, doch dann obsiegt die Freude über das Erreichte und die Wehen sind vergessen und vertan. Selbst die Gottheit hat ob dem zu leiden, was sie schaffend sich erschuf.

Friktion entsteht, wo immer sich der schwebende Gedanke in das Untere, Verfestigte entlädt, um sich vor sich selber darzustellen. Aufwand und Ertrag, Gleichgültigkeit und Einsatz, stiller Wind und Turbulenzen stehn sich wuchtig gegenüber und erzeugen die Bewegtheit einer Welt die sich nach Ruhe sehnt, Befriedung und Ergeben. Willst du etwas sagen, sag: Mir geht es ebenso, doch wer von allen hat sich dazu überwunden nur zu sein in absoluter Schlichtheit, Makellosigkeit und Harmonie? Das Einzige das wirklich ist und das sich weder an- noch ausgeschwungen, das sich selbst gehört und das sich deshalb in unendlicher Geborgenheit und Seelenseligkeit, Verschwiegenheit und heiligem Entzücken dem Unberührten weiht. Und das Bin Ich in wunderbar gelöstem Über-Mich-Verfügen.

3.13

Tradition ist nicht die Sorte von Erleben, die Ich in Mein Herz geschrieben habe, aber vorwärts stürmen, mutig, zuversichtlich, kräftig und vital, neuen Ufern farbenfroh entgegen. In der Bildersprache seh Ich die Planeten mächtig durch den Himmelsäther rauschen. In des Herzens Innigkeit empfind Ich ihres Schicksals Liberation von vielen Meiner Banden, im ereignisvollen Zeitenwehn. Frei sein ist mit vielen ernsten und verhängnisvollen Risiken verbunden, deren Wenn und Aber sich auf das Befinden niederschlägt des Dritten, den die vielerfahrenen Bewohner Erde nennen.

Ambivalent ist Mein Verhältnis zu den Myriaden menschlichen Geschöpfen, die Ich um ihr Dasein, ihre Rechte, ihren Ruf und ihr Verhältnis zum Unendlichen kämpfen seh. Ihr Kommen und Vergehn hat die Bedeutung für Mich wie der Aufschwung eines Flackerlichtes und sein all so desperates Niedergehn. Jedes so zerbrechliche Gemüt versucht, sich erst im kleinen Kreis und dann in der Gerissenheit der Weltgemeinschaft zu behaupten. Markanten Hemmungen ist es da ausgesetzt, die es zu überwinden hat in seinem hochqualifizierten oder höchst banalen Sich-Vergluten. Das prägt sein Sich-Empfinden als bedeutender Konquistor, als gefeierter Gelehrter, als gesuchter Volkstribun oder als bescheidner Bürger, denen allen die Vergänglichkeit im Nacken sitzt, sowie die Frage nach dem Sinn, den sie nur allzu oft in ihrem kapriziösen oder kargen Tun vermissen.

Das führt sie zur Gestaltung eines Gottesbildes von enorm gestaffelter Verschiedenheit in ihrem Langen nach Erkenntnis und bewusster Klarheit über ihr begeisterndes Erscheinen und so oft erbärmliches Darniedergehn. Ich aber weiss, was sie nicht wissen, dass sie göttlichen Geblüts und Meines Anhangs präziöse Perlen sind in ihrem Drang, das Beste aus sich selbst herauszuholen oder sich dem Dolcefarniente hinzugeben in des Lebens genialem Aufbau, Flickwerk und Fallaria. Erkennst du dich als Meiner Hoheit wundervoll geschniegelte Kaprize, darfst du dich als Vorbereiter einer Welt von Weisheit, Tugend, ewiger Jugend und unendlichem Befrieden sehn. Meine Absicht ist es, Mir ein Menschenreich zu schaffen, wo Verständnis, Klugheit, Solidarität und Schöpferwillen herrschen. Mein Wille soll dem Deinen fruchtbar und verbindlich sein, bekömmlich und erheiternd in der Flut von heiklen Situationen. Bist du Meiner Gegenwart bewusst, so kann es dir an nichts mehr fehlen, denn Mein Schutz und Meine Generoisität sind dazu angetan, dich in die Wohlfahrt göttlicher Brillanz, Gelassenheit, verspielter Poesie sowie profunder Herzlichkeit zu führen.

3.14

Was die Massen nicht begreifen ist das Liebenswerte der Natur, das sie zur Erkenntnis führen will von einem Schöpfergott voll Anmut, Sachverstand und Herzensliebe zum Geschaffenen im gütestrahlenden Allhier. Sie sind in ihrem minikrimen Zirkel, Zirkus, Zaun und Schattenspiel gefangen, über deren balustradische Begrenzung sie mitnichten sehn. Das ist, weil sie sich noch auf einer Kinderwiese tummeln, was ihre Evolution ins Überweltliche, Allgöttliche betrifft, der sie sich ernsthaft und beständig weihen sollten. Gerissener Verstand ist gar nicht zu verachten, doch gerade der führt viele, allzu viele noch an ihrer fetten Nase in die Irrungen der Zeit derweil sie ihren Blick ans Irdische geheftet halten. Was Ich indes in ihnen und auch akkurat in dir voll Güte aufzubrechen suche ist der Sinn für das Urewige, dem du verpflichtet bist mit Haut und Haar und voller Inbrunst, generell und folgenschwer.

Versenke du dich in die Attitüde dessen, der da aus der reinen Geistpotenz heraus in genialer Folgerichtigkeit die Welten sich erschafft, von deren Anblick du begeistert und entzückt bist über alle Massen. Gerade sie jedoch sind bestens dazu angetan, deinen Blick an das zu bannen, was zu sehen und genüsslich zu verwerten ist in deinem Drang nach mehr und mehr und immer mehr.

Dieser Zustand der Versponnenheit in deine eigensüchtigen Affären fesselt dich an eine selbstgeschaffne Welt von Hader, Rechthaberei, erbärmlicher Gewinnsucht und Betrug.

Aus dieser deplorablen Mimik und Misere will Ich dich mit Freundeshand erlösen, indem Ich dir den Spiegel deiner Selbstgefälligkeit vor Augen halte und Mich allsogleich zu deinem Herzenswunsch nach Frieden und Gerechtigkeit geselle, der dich im Verborgenen bewegt. Das führt dich mählich zu der Ansicht, dass ein Hochgebenedeites darauf wartet, dass du ihm vertraust und es um Hilfe anflehst und Befreiung aus dem Griff der mannigfachen Nöte.

Nun ist es Mir gestattet, deines freien Willens Attitüde Meiner anzugleichen und dir Selbsterkenntnis zu verleihen in Bezug auf höherwertige und lohnendere Ziele. Damit führe Ich dich der Vereinigung mit Mir in Sachen Ehrlichkeit, Erhabenheit und ewiger Heiterkeit entgegen, die Mir so geläufig sind wie niemand sonst und die den Glanz des Lebenssinns in Fülle in sich tragen.

3.15

Brandneu scheint die Botschaft die Ich dir verkünde, doch sie ist uralt, du brauchst sie nur hören, dann klingt sie dir fröhlich ins Herz hinein um es zuinnerst zu betören. Sie besagt, dass dein Bewusstsein über ungeheure Kräfte frei verfügen kann, um deine kleine Welt galant zum Allerbesten oder Miserablen hinzulenken. Diesen Kräften nachzuspüren und sie im guten Sinne zu gebrauchen sei dein auserlesnes Ziel. Was hat es mit der Kraft auf sich die dich beseelt will Ich in guten Treuen von dir wissen? Da kannst du dir kaum einen Reim auf all das machen, was dir täglich, stündlich in kaleidoskopischem Gefolge pausenlos geschieht. Ich aber sage dir: Es sind die Wehen, Wölbungen, Verrenkungen, Erschütterungen, Heiterkeiten und Genüsse eines Gottes, der da in dir wütet, wacht und zielbewusst rumort. Was ist da neu? Nichts weiter als dass dir's jemand auf den Kopf behauptet und dir glatt verbietet, etwas anderes was nimmer stimmt vermutend anzunehmen.

Meinen Worten kann nichts Träferes, Wahrhaftigeres oder Liebeswürdigeres unterschoben werden, denn dass sie stimmig sind bezeugt der der da ist und der nicht die geringste Ursach findet um nur das Geringste gegen sich und seine Gotteswürde auszusagen.

3.16
Moll ist eher deines Tönens Farbe, derweil die Meine in erstrahlendem und heiterm Dur erklingt um Meines Inneseins Kultur, strategische Keckheit, Nonchalance und strenge Wissenschaftlichkeit zu offenbaren. Damit ist schon viel von Meiner Art zu sein und zu erscheinen preisgegeben. Licht und Dunkel, Tragisches und Freudenvolles, Lässiges und Konsequentes fügen sich in Meinem Sinnkreis zum ereignisvollen Reigen. Dabei sind die positiven Werte dem Maledetten um ein Unermessliches und faszinierend Delikates überlegen. Da braucht es für dich keine grüblerisch getinkte Wahl um dich voll Eifer ganz spontan zu Meiner seelenvollen, höchst

beglückenden und stimulierenden Partei zu schlagen. Das ist dann der Beginn und die Standarte eines nie verebbenden Gesangs von Gottesgüte und herzinnigem Behagen der dich als Cantus firmus liebevoll durchwallt und brüderlich begleitet auf der Lebensbahn. Er ist von Mir ein Zeichen der Beständigkeit, des unbescholtnen Fortschritts wie der Pflege einer Geistkultur von überirdischem Bedeuten.

Das Eigentliche deines Daseins ist damit in dem gegeben was Ich ihm verleihe und was dem unendlichen Erfolg entspricht den Ich unter Meiner Leitung und Regie ununterbrochen zu verzeichnen habe. In Wahrheit Bin Ich was der Chor der Welten immerzu ersehnt und was das Allerhöchste ist das je ein menschliches Gemüt erreichen und in seiner hehren Gangart etablieren kann. Es ist die Mutter aller Friedefertigkeit im denkenden Gefühl wie die Verkünderin harmonischer Gesetze die seit eh und je mit ihrer Eleganz und Tugendhaftigkeit, Prosperität und Innigkeit das All durchschwingen.

Was entschieden wohnlich ist und eingegliedert, funktionell und fabelhaft gediegen ist Mein Reich das sich in dir ereignen will gestützt auf deinen ernsten Willen gut zu sein und gottesgläubig, generös und ehrlich ebenso wie Ich es leiste und dem Universenreichtum wohlgemut verschrieben habe. Das ist Meines Seins Manier und soll auch deine werden in der vielgestaltigen Belehrung, die Ich dir aus reinem Mitgefühl, aus Herzensweisheit und gottseliger Manierlichkeit erteilt und zugehalten habe.

3.17
Magnetismus zieht sich immer an genauso wie Ich dich mit unnachgiebiger Geschäftigkeit in Meine dramaturgisch aufgemachten Weiten ziehe. Dort

aber findet alles Drängen, Sengen, Profanieren, Perkussieren, Randalieren und Frustrieren ein verehrenswertes Ende derweil die absolute Ruhe kippt auf deine Seite um, von Mir dahin gestossen. Was nun? Ich sehe dich und du siehst Mich mit grossen, runden Augen an und aus der Ruhe wird glückseliges Erstaunen ob dem Herzensfrieden der sich hier verrieselt und der Stille Kontinuität verleiht und unermessliches Behagen.

Damit will Ich dir bezeugen, dass es so etwas wie Wonne an der Welt wie an dir selber gibt und dass du, ohne dass es dir bewusst ist, Latifundien von unerhörtem Wert besitzest, die dich auf den neuen Stand, den der erhabenen Geschwister göttlicher Natur, zu heben weiss mit der Nonchalance der ewig seienden Anachoneten.

Du Bist, weil es sich so gehört und hast Mir ohne jede Bockigkeit dorthin zu folgen wo Ich Meine Schätze aufbewahre und sie hüte wie der Cerberus das Tor zum Reich der hunderttausend Qualen.

Dir ist es von Mir bestimmt in Myriaden Schrittchen dorthin aufzusteigen wo beseligte Gesichter strahlen und allwo dem Hören das Aufhören folgt in wunderbar gesitteter Manier.

Du stehst und Bist. Du trägst den Willen in dir, Kontrapunkte zu setzen allüberall wo Farbtupfer fehlen und die Landschaft karg erscheint im Sonnenstrahlen. Ihr Sinnen ist es Freude zu gebären sowie penetrante Seelenschatten mit dem Himmelslichte zu vertreiben das von weither alles Irdische mit seinem Segen warm und innig überstrahlt.

3.18

Elegantes soll wie eh und je den Vorrang haben vor dem Duftigen, das Ich mit liebevollem Mich-Verstrahlen selig machen will. Kannst du ermessen, dass ein göttliches Per se in jedem Menschenwesen haargenau denselben Wert begründet, der es adelt und behutsam ins Bewusstsein des Allgöttlichen erhebt. In diesem Sinn herrscht absolute Gleichberechtigung und Ebenmässigkeit im Menschenreiche was bedeutet, dass sich niemand besser dünken soll als irgend jemand, der mit seinem Schicksal hintenanstehn muss aus so und soviel Gründen.

Wer begütert ist, verneige sich vor dem der ist ein unscheinbaren Kämpfer um sein täglich Brot und die Beachtung seiner Pflichten mitten in der Wucht und Wirkung des Gesellschaftslebens. Solche Dinge sind zu spüren und dabei ist es auch dir gegeben seinsgerecht mit ihnen umzugehn.

Mehr als einmal war es Mir daran gelegen dich aus dem Reich der Schatten in Mein strahlend Licht zu ziehn wo alle Seelen sich in Freundlichkeit und Wohlgefälligkeit am Sein begegnen. Du hast dich nicht bewegen lassen und so kommt es, dass du deine Tage weiterhin in Unruh, Ängsten und Enttäuschungen verbringst, die allesamt nicht nötig wären. In Mir ist alles Sanftmut, Stille, Heiterkeit und namenloser Frieden, die von Mir in dein empfängliches Gemüte strömen. Nun sage Mir, ob das nicht eine Runde des Versuchens wert ist ganz in Meinem Sinn zu leben und alles wegzulassen, was dich mit Kummer, Missmut, Trübsal und Verdriesslichkeit belegt? Du wirst bald merken, dass dir etwas dabei hilft, aus deinem Sumpf herauszukommen und dich auf festem Boden freien Sinns und Sinnens zu bewegen. Dieses Etwas Bin Ich höchst persönlich, der ein gründliches Interesse daran hat dich auf den Weg der Tugend und Gerechtigkeit am Sein zu führen, denn Ich führe Mich ja selbst in deinen blindgebornen Runden. Daraus soll sich eine doppelte Verbesserung und

Korrektur ergeben, eine als von dir und eine andere von Mir betrieben. Dass daraus ein Heil von überirdischer Natur entsteht, brauch Ich dir sicher nicht zu sagen. In allem was dein Sein betrifft Bin Ich so wendig wie das Wiesel und viel kundiger als der brillanteste Gelehrte seiner besten Tage. Da lohnt es sich bei Mir und Meinem Freisinn einzusteigen um das Evangelium der Gottesweisheit wie der Menschenliebe zu vernehmen. Brücken werden da geschlagen zwischen hier und dort, und Mensch und Himmel fangen an sich gütlich und gemütlich zu begreifen. Du wirst voll Andacht und Ergebenheit, erwachtem Selbstgefühl und Seelensicherheit in Meinem Geiste ruhn und dich von keinem Weltgelichter blenden lassen.

Das ist es was dir gut tut und was deinem darbenden Gemüte Nahrung bietet von berückender Geschmacklichkeit und unermesslichem Erlaben.

3.19

Die Konsequenzen deines Handels sind dir meistens nicht bewusst, weil deine Klarsicht sehr zu wünschen übrig lässt in deinen blitzgeschwinden Aktionen. Da gilt es tüchtig aufzuholen in der Kunst des richtigen Entscheidens für dein Handeln oder In-dir-selbst-Beruhn. Massenweise kommen Forderungen auf dich zu, die dich zur Entscheidung drängen so und so und so. Da ist es weise, wenn du Mir die Zügel überlässest, dass deiner Pferde Feuer in die Richtung Meiner Absicht rennt, um für die Welt zur Wohltat und beglückenden Natürlichkeit zu werden. Deine Züge sind berückend schön solange sie durch Meine auserlesnen Bahnen gleiten. Alles an dir ist bezaubernd, liebelicht und auserlesen, solang es Meines Götterwillens Hoch-

gebot erfüllt und sich in alle Welt verströmt zu seligem Genügen.
Bist du den Kindern Meiner Güte zugesellt kann dir nichts Schlimmes mehr geschehen. Du schreitest wie durch eine Schlangengrube federleicht und froh dahin wo Ich dich dirigiere und damit deinen Wert und deine Bildung, dein Renommee und dein Verdienst aufs Trefflichste vermehre. Du bist am fabelhaften Ende genau was Ich dir Bin ein Ausbund der Geschicklichkeit im Sein und Werden, eine sagenhafte Perle der Natur, ob deren sanftem Schimmer sich die Menschen überbordendes Entzücken ins Gewissen tragen.
Immer fröhlich darfst du sein um der Heiterkeit und Labsal willen die du als Seinsverklärter und - verwandelter in Meinem Reich erfährst. Meine Himmelsfreuden stehen dir wohl an und kleiden dich in wunderbar besänftigende Kompositionen. Das ist dann alleweil von dir zu schätzen und mit reiner Herzensdankbarkeit und Gottesminne zu belegen. Nur in Mir Bist du wahrhaftig gross, glückselig und gediegen und darfst dich in bewundernswerten und erhabenen Glückseligkeiten wiegen.

3.20
Kommst du einmal doch zur Ruh, kann Ich dir Meinen Götterbalsam in die Seele giessen.Du erlebst dich selbst und kannst dir deine Wachheit, Seinsbewusstheit und Gottseligkeit bestätigen. Wohlbedacht bist du in einen Zustand unwahrscheinlicher Gelöstheit und Erhabenheit geglitten, der dir deine beste Seite offenbart und dich befähigt, deines Weltseins Attitüde mit vollendetem Verständnis und beneidenswerter Unbesorgtheit zu quittieren. Wer kann das schon von sich behaupten und voll Grazie für sich in Anspruch nehmen? Nur

Ich, der sakrosankte Hüter dessen was Ich Bin und was Ich mit den Weltenweiten teile. Ich höre auf wo du beginnst im Weltenraum zu leben; was Ich Mir ausgedacht erstarrt indem es wird und ist darin schon abgestorben. Ewig leben heisst, bewusst im Sein zu stehn und in den lichterlohen Geistessphären. Das ist dann deine Würde mitten in dem Weh des Menschenseins und Dich-im-Leiblichen-Erleben. Willst du mit Mir verwandt sein traue dem was dir das Herz vergibt und lass den Intellekt sich auf dem Erdenplan bewegen. Das Liebevolle hebt sich in die Sphären götterlichten Seins und fühlt sich froh und frei in Meinen sagenhaften Weiten. Das Stabile hemmt, das Geistige befreit und lässt die Seele selig in sich selber atmen. Komm und lebe, geh dahin wo du dich in dir selbst erlebst indem du wach wirst in des Seins holdseligen und makellosen Gründen.

3.21
Eine Strecke noch und du bist wie verwandelt, wenn du an ihrem Ende Mich erkennst in deiner streng gezogenen Montur. Es öffnet sich dir eine Welt des ausserordentlichen Wohlgefallens an dir selbst, sowie an der Umgebung, die du als ein Geisteskräftiges empfindest und geniessest. Durch das Tor des Dich-im-Seinswahrhaftigen-Erleben schreitest du in deiner Evolution bewusst voran und überwindest siegreich alle Widerstände die sich dir mit Vehemenz entgegenstellen. Es darf und wird nicht sein, dass dir auch nur ein Haar gekrümmt wird auf der hehren Bahn, die dir schicksalhaft und majestätisch vorgezeichnet ist; das kann Ich dir als der Gerechteste und Liebenswerteste von allen frei heraus bezeugen.

Wenn Ich dir schon zu Willen bin, dann sollst du dies zu gleichen Teilen auch mit Mir so halten; wenn Ich dich liebe sollst auch du Mich inniglich verehren um des Guten Willen das Ich dir durch Jahr und Tag gewähr. Es soll ein Austausch der Gedanken und Gefühle sein, der zwischen uns unendliches Vertrauen schafft in allbereiten Zügen. Die Dinge deines Lebens recken sich und strecken sich voll Eifer Mir entgegen um an einem sichern Ort aufs Trefflichste geborgen und gehegt zu sein für Ewigkeiten. Das ist es gerade, was dir dienlich ist in deinen ungezählten Dispositionen, Fragmentierungen, Verletzungen und allgemeinen Nöten. Deine kleine Welt vollzieht sich in der Meinen, abergrandiosen, deren Anfang und Erfüllung kein Sterblichen je gesehn. So wird es dabei bleiben, dass du dich auf einem Weg befindest, der sich in sinuösen Eskapaden wunderbarerweise höhwärts windet, Meinem makellosen Geisteslicht entgegen. Nimmer und doch immer kommst du bei Mir an und bist aufs Herzlichste willkomm an der Schwelle zur Gemeinschaft mit dem Ewigen, das Ich dir Bin und das in seiner Stärke und Gediegenheit, Nonchalance und redlicher Regie bei Weitem alles übertrifft, was dir bisher an gutem und vortrefflichen Geschehn.

3.22
Auf dem Feld der Arbeit bist auch du gehalten, dich voll Seele einem tugendhaften Wandel hinzugeben. Einmal wird es heissen: Hast du deine Pflichten redlich und devot vollzogen und nicht: Bist du als ein Jünger strahlenden Erfolgs mit allen Mitteln aus dem Lebenskampf hervorgegangen? Was immer du gestaltest soll nach den Prinzipien der göttlichen Vernunft und Harmonie geschehn und soll sich

akkurat vor Mir und Meinem Urteil sehen lassen können. Im Grunde geht es darum, dass du dir die Sicht auf was Ich Bin und leiste durch frevelhafte Taten und Manöver, Winkelzüge, Zaubereien und unselige Geschäfte nicht vermiesest und dich dadurch von Mir fernhältst im bedauernswerten Erdental. Es genügt, dass du den Aberwitz und Pfiff beiseite lässest, der die vielen noch verführt und dem seelenvollen Winken nachgehst, welches dich zu Meinem Lichte dirigiert.

Es gibt nur diesen einen Weg des Aufstiegs zu den Höhen Meiner Gunst und Kunst des Daseins in der Friedefertigkeit des Herrn und seinen Diensten. Du kommst und gehst beglückt durch Meine Gärten der blühenden Gerechtigkeit am Sein und Leben wie der Wohlgemutheit auf der wonnevollen Götterspur.

Du bist des Seins Gefieder

4.1

Was du noch ausser dir erlebst im kosmischen Gefüge, erlebe Ich in Mir bewusst und heiter, allumfassend, kolossal. Die Seinsbewusstheit definiert sich als ein Medium von geistiger Allüre, das sich sachte im Unendlichen verliert. Was das Kosmische betrifft, so ist es wie das Menschliche dem steten Wandel unterworfen. Es erstirbt und geht aus einem Geistkeim neu hervor in einem unermesslichen Äonenspiel. Darein verflochten ist auch dein Gehaben und so ist es nicht egal, ob dieses sich als nützlich oder schädlich für das Ganze, Allumfassende erweist in seinen minikrimen Zügen.

Lass dich sein, will Ich dir sagen und trete ein in einen Götterreigen bei von bewundernswerter Qualität und überragendem Bedeuten. Es ist, dass du dir Bist ein kosmisches Ereignis der Vereinigung mit allem was da ist und was sich im Äonenlauf ereignet. Dein Leibliches erscheint, vergeht, ersteht und schwindet wieder in ereignisvollen Zyklen; doch was du Bist behauptet sich derweil in wunderbar beständiger und unvergänglicher Manier. Dein wahres Sein ereignet sich im makellosen Schönen, das ist von Mir gestiftet und genährt, behütet und voll Grazie ins unendlich Selige erhoben. Du Bist des Seins Gefieder und verleihst ihm Glanz und Farbenschimmern. Sei ein Solitär in seinem funkelnden Gehänge und erkläre was du Bist zum Standart aller Wesen im Allhier, die seiner Sache dienen und dabei glückselig sind in Ihm.

4.2

Willkür ist Mir fremd und ist in deiner Welt millionenfach zu haben. Solches schleicht sich ein wo Führungslosigkeit und Machttrieb, Eigensinnigkeit und Herrscherdrang bestehn. In Meinen

Gauen jedoch strömt die wonnevolle Harmonie durch alle Wesen, die da sind und füllt die Räume zwischen ihnen mit dem Wohllaut seinsgeschwisterlichen Sich-Begreifens. Im Hier wird manifest wie schön die Lebensdinge sich an sich verspielen können, wo guter Wille Vorrang hat und liebevolle Präsentationen für die Stimmung sorgen, die dem Herzblut Harmonie bereitet und dem Gemüte inniges Wohlbehagen.

Was hast du nur, dass dich die Unruh quält, wo du doch in Meinen Gärten silberhellen Frieden und die Grazie der Wohlgesittetheit geniessen kannst? Wie ist es möglich, dass so viele Lebensdinge dich verführen, wo doch das Eine nur, von Mir gegeben, geradewegs zum Ziele führt der Zartheit himmlischer Gerechtigkeit am Sein und Leben. Das ist, weil sich dein inneres Gehör noch viel zu wenig Meinem Worte widmet, das in stiller Andacht zu dir fliesst und dich von Meiner Güte, Liebe und Verwandtschaft überzeugen will, die Mir so sehr geläufig sind in den subtilen Gottesregionen.

Du hältst dich still und schweigst, derweil Ich Meinen liebevollen Einfluss geltend mache in der Morgenfrüh wie im bewusst erlebten Abenddämmerschein, worin die ersten Sterne friedlich blinken. Du musst dir nur die Mühe nehmen, sie zu sehn und ihrer Wertbeständigkeit und Zartheit herzliche Bewunderung zu zollen. Sind sie doch von Mir ein Zeichen der Geselligkeit in Himmelsweiten, denen du dich frei heraus vergibst in deinem staunenden Bewusstsein wie in deiner Lust, den Allraum tief in deine Seele aufzunehmen. Solange du in Mir verweilst und Meinen Geistesräumen, kann dir nichts Unbotmässiges geschehn und du bist wie von Engelhänden in die lichte Höh getragen. Harfenklänge hüllen dich voll Sanftmut ein und eine nie gekannte Seligkeit erfüllt dein hingegebnes Wesen. Es ist die Offenbarung Meines göttlichen Vermögens, die sich deinem Wesen weiht und dir des reinen Seins Erhabenheit und Würde, Wohllaut und Gebärde voller Liebe zugesteht für jetzt und ewig, schlicht und sonnenklar im Wunderbaren.

4.3

Edelmut und Seelenstärke sind vorzüglich dazu angetan dich Mir und Meiner Wohlgesinntheit zu verbinden und deinem Hause Herzensglück und lautre Liebe zu bescheren. Überall sind Meine Diener treu besorgt damit beschäftigt den Bedingungen des Friedens Nachhall und gebührende Beachtung zu verschaffen. Es wacht der Wächter auf dem Turm, kannst du dir sagen und darfst gewiss sein, dass so jede gute Tat und jeder Fehltritt rapportiert und registriert wird in den göttlichen Analen, die beileibe nicht umsonst in mächtig aufgetürmten Geistregalen stehn. Nicht die geringste Herzensregung deinerseits wird je vergessen sein und wird dir brandneu vorgehalten, wie sie einstens war, wenn du vor dem gestrengen Richter stehst um dein Verhalten zu erklären. Das wird dich dann zu Freudentränen führen ebenso wie zu tiefinnigem Bedauern über das Nichtswürdige das du getan und wird dein künftig Sein und Trachten vehement zum Besseren führen.

Generationenlang schau Ich dir somit auf die Finger und überschaue gültig und erhaben, griffig und gekonnt der quirligen Planetenwelt Gehaben. Wer Sinn verbreitet oder wer im Netzwerk der Verführung stecken bleibt zählt sich die Strafe selber auf den Buckel, wenn die Zeit dazu gereift ist in der ewigen Klausur.

Deine Erdenleben kommen und vergehn. Du wirst weiser und gerechter Mir und Meinen Seinsgenossen gegenüber, die da sind um dich versammelt um der Gnade Willen die Ich ständig in die Lebenswelten säh. So geschieht Veredlung und Erhebung, Reiz zum Guten und herzinnige Gewähr für Frieden und holdseliges Geflüster in den Gottesgeister-Räumen. So geschieht es auch mit dir und du wirst bass erstaunt sein über die glückselige Vereinigung mit Mir. Sie offenbart sich dir sowie dein Seelensein vor Meinen Augen makellos geworden ist, beschaulich, seinsverständig, vollnatürlich und aufs Äusserste gediegen.

4.4
Keine Frage die nach Mir, wenn du gereift bist zur Gottseligkeit in Meinen Gütern und Verbindlichkeiten nicht von hier. „Hab doch mit Mir Erbarmen", hast du oft gebettelt und Ich habe dich erhört und reifen lassen am gewaltigen Schicksal, das dein unerbittlicher Begleiter ist auf allen deinen Wegen. Nun ist dir soweit wohlgetan, dass du erkennst wie gut Ich es mit dir und deinen Seinsgenossen meine in der Tradition der himmlischen Gerechtigkeit, die Ich vor Urzeit schon voll Herzlichkeit begründet habe. Da gibt's kein Weh, das Ich nicht heiligen Erbarmens pflege; da mögen alle kommen, die sich ausgelaugt und überlastet fühlen, Ich werde ihnen siebenfache Kraft verleihen, dass sie ihren Lebenspart voll Anmut und Gewissenhaftigkeit bestehn.

Was immer Redlichkeit und Treue zu Mir dir bedeuten mögen, sie führen dich geflissentlich zu Meiner Ehrbarkeit hinan und haben die Tendenz, dein Sein und Sinnen, Wollen und Beginnen mit dem Meinen vollends zu vereinen. Ist diese Grosstat einst an dir getan, kann dir beileibe nichts mehr fehlen. Du Bist und weisst dich wesenhaft in dem geborgen, der in Beständigkeit vibriert und seinen virulenten Zügen immer neue zufügt in unendlichem Verlangen. Er bereitet deinen Weg und setzt dich frei, ihn nach deinem Willen zu begehen. Bist du jedoch mit Weisheit und Verständigkeit geschlagen gehst du Meinem Sinn und Seufzen, Trachten und Begütigen voran um schliesslich ganz dasselbe was Ich will voll Würde zu erreichen. Glücklichsein heisst, Meiner Ziele Anbeginn in Liebe zu vollenden. Sie erfüllt sich in dem Einigsein mit dem Gehaben ewiger Jugend, Tugend und Erhabenheit, die Ich inständig und gebieterisch, bewusst und zart ins Universenreich verstrahle.

4.5
Nichts ist wohlfeil was Ich dir entbiete, aber alles ist zu deinem höchsten Wohl in deines Lebens Aberwilligkeit und Seinsbetragen. Was Ich von dir verlange ist das seinsgerechte Umgehn mit den Gaben Meiner göttlichen Bravour und Generosität, die aus der Fülle Meiner Geisteskräfte zu dir fliessen. Gehab dich wohl, geruht die Mutter zu dem Kind zu sagen; von Mir jedoch bekommst du pausenlos zu hören: Heilige dein Wesen, bis es makellos vor Mir und Meiner Wohlgefälligkeit erscheint, um die Erkenntnis seiner selbst als Wesen der Unsterblichkeit und Einheit mit dem Allerhöchsten zu empfangen.

Eine Weihung ohnegleichen steht dir noch bevor, wenn du dich auf dem Weg der absoluten Redlichkeit und Gottesgläubigkeit bewegst. Es ist das Geisteswesen, das in dir zur Blüte kommt, und sich dir offenbart in seiner Güte, Gottverbundenheit und Heiterkeit am Leben. Du gleichst dich dem „Ich Bin" beständig an und überwindest schliesslich auch die letzte Hürde bis zum reinen Sein in der

Getragenheit und Glorie, Bewusstheit und Glückseligkeit Elysiens.

4.6
Plan um Plan leg Ich vor deine aufmerksamen Augen um dir Meine Absicht für dich und die Welt gebührend kund zu tun. Du wirst bass erstaunt darüber sein, mit welcher Vielfalt, Präzision, Gedankenschärfe und Gelassenheit Ich die begabe, die da wirklich vorwärts kommen wollen auf dem Weg der Evolution und Seinsbewusstheit und Holdseligkeit Elysiens. Alle grandiosen Lebenswerte sind dazu berufen, Meine Grossmut, Genialität und Wesensstärke zu bezeugen, die zu feiern und vollenden Ich nie müde werde.

Hingegen reichlich unbeholfen muss man nennen, was du im täglichen Verkehr, Verzehr und Minenfelde produzierst an Eitelkeiten, Lapalien und Verwegenheiten. Welch ein Vorteil also, dich mit Mir herzinnig zu verbinden, damit die Weisheit hin und wider fliesst und Misserfolge unterbleiben.

Erkenne die Doktrin nach welcher Ich mit grösstem Vorteil jederzeit agiere. Es ist die Einsicht, dass Mein Sein Unendlichem verwandt, und zugleich auch verpflichtet ist. Das bringt enormen Schub zu hoheitsvollen Taten und enthüllt allgöttliches Gehaben. Ich Bin Mir der Ich Bin und brauche Mich im Netzwerk der Gedanken keiner anderen Bewusstheit und Regie zu unterziehn. Das beflügelt Mich zu allem was Ich leiste und drängt Mich ohne Wenn und Aber, Zick und Zack und wuterfülltes Röhren zielbewusst und heiter, lebenslustig und galant zum langersehnten Sternenwohl.

4.7
Wer sich erheben will bestätige, dass Ich sein Herr und Meister Bin, daraufhin will Ich ihn in seinem

Innesein aufs Fürstlichste verwöhnen. Als ein Geadelter von Meiner Leuchtkraft wirst du künftig durch das Leben gehn und jedem, der es hören will, wirst du von Meiner generösen Art zu wirken und zu sein erzählen. Gehst du auf Reisen, sind dir Meine Geistesgärten wie Prominententeppiche vorausgelegt um dir in aller Form und Fülle, Fabelhaftigkeit und Schicklichkeit die Ehre zu erweisen. Es geht nicht an, dass auch nur eines Meiner Königskinder schlecht behandelt wird in seinem Drang, sich auszuleben und sich in den Bewusstseinsweiten Meiner Huld und Güte köstlich zu ergehn.

Du allein bestimmst, wohin sich deine Lebensschritte wenden sollen; dein Entscheiden ist es, was du tun willst in der ellenlangen Zeit die Ich dir offnen Vaterherzens zur Verfügung stelle. Nur dass du weise wählst, ist Mein Begehren und dass du dich an keinem Stein verletzest, den dir Neidische und Neunmalkluge in den Weg gelegt. Kannst du es fassen, dass Ich dich auf Schritt und Tritt begleite in geheimer Mission, derweil du wähnst allein zu sein mit deinen selbstgeschaffenen Problemen? Sieh dich an und zieh dich an mit Meinem Licht bevor du ausgehst, um die Schatten zu vertreiben, die dir übel wollen und dir die freie Sicht auf was da wirklich ist verstellen wollen. Beherzige was du seit langem von Mir weisst und wähle stets das Beste für dich und die Deinen.

Nicht umsonst sollst du Vertrauen zu Mir haben, denn Ich honoriere jeden noch so zarten und zaghaften Gedanken mit einer Fülle von Ergänzungen, die dich zu sagenhaft gefiederten Erfolgen und schlussends zum Glück der Sterne in den Weiten der Gottseligkeit und Würde, Wohlfahrt und dezenten Liebeswonne im Bereich Elysiens führen.

Gewissen und Broschur. Da zeigt es sich, dass du gar vieles noch nicht wissen kannst, was Ich schon

längst gewälzt und gutgeheissen habe. So kommt es, dass unsere Meinungen vom Dasein in der Welt gehörig divergieren. Du suchst wissenschaftlich zu beweisen, wie die Dinge wirklich liegen und verkennst dabei, dass alles, was da ist, vom Gottesgeist geprägt, durchdrungen und belebt ist, ohne dass du deinen Hebel daran setzen kannst. Das wird in vielen Fällen höchst fatal, weil es nur eine Wahrheit geben kann und weil die deine sich da oft zu einem Irrwahn steigert, der zu Egoismen, Überheblichkeiten und schmerzlichen Verlusten führt.
Da gilt es, für dich die gewaltigen Gottesdinge zu erlauschen und verstehn. Es ziemt und lohnt sich noch für jeden Weltenbürger, auf dem Pfad der Seinserkenntnis zielbewusst voranzugehn. Dies geschieht in kluggesetzten Meditationen, deren Inhalt Geistiges betrifft und gotteswürdige Gedanken. Du bereitest dir damit den Boden für die Seinskultur die Ich im ganzen Menschentum mit allen Mitteln zu errichten trachte. Daran wird dein Bewusstsein sich erlaben und ergötzen und dir Glück und Grazie Elysiens bereiten in den Weiten des verehrenswerten und geliebten Sternenmeers.

4.8

Dir ist so vieles offen was du in deiner zögerlichen Art noch nicht betreten hast und was dich definiert und glücklich machen würde in der Seele seinserhabenem Revier. Du windest dich und schindest dich vor Meinem Angesichte und vermeidest es, Mich anzuschaun, der Ich dein Erretter bin und dein erhabener Gefährte für die Zukunft in der Wohlgesittetheit Elysiens. Du achtest Meiner nicht, weil noch zu viele Dinge ständige Beachtung von dir heischen. Dabei gräbst du dir selbst dein Grab, weil dich das Irdische so über alles fasziniert.

Wach auf in deinen Niederungen und Erniedrigungen und erinnere dich deiner Würde als von Mir gesegnetes Exempel reiner Gottesgüte aus des ewigen Quartier. Nun sage Mir, was Ich noch unternehmen kann, um dich gehörig anzulocken zum dezidierten Gang in Meine Gründe, Hintergründe und Verborgenheiten. Ich mach es dir nicht leicht und dennoch sollst du unverzüglich jene kapitale Wende und Erneuerung vollziehn, die dich von allem was dich so bedrängt hinwegführt zu dem Hochplateau von Meiner Siegeslust und Meinen viel gerühmten Gnaden.

Da wirst du dann zu rühmen sein, ob deiner Einsicht und ob deinen vielgestaltigen Bemühungen mit Mir ins Reine, Gottesfreundliche und Angemessene zu kommen. Du stehst auf seidenschimmerndem Parkett und nimmst begeistert und bewusst den Ausweis deiner Mustergültigkeit entgegen. Deine Tage sind nicht mehr gezählt, weil dich das Ewige umhüllt und dir Gewähr für das nie endende Ereignis deiner göttlichen Gestilltheit bietet, die du dir in langen, wohlgemessnen Zügen und Verrichtungen erworben.

Bei Mir ist nun das Walten der Glückseligkeit nicht abzusehn. Du fühlst dich frei für immer und erfüllst dein Dasein mit der vollen Ehrfurcht vor dem Unerhörten, das dich in der Tat befiel. Du gleitest freudestrahlend ins Gewissen der Allherrlichkeit, in welchem du dich reckst und räkelst ohne jeden Zweifel an dir selbst als götterlicht gewordenes Gedankenwesen. Ich spreche Harmonie und Frieden in dein Herz und hebe dich hinauf zu Meines Geisteslichtes Thronen. Es sind die Universenweiten, die Ich dir mit Nonchalance und Wohlgemutheit präsentiere und dich dazu animiere dich in ihnen frei und wohl zu fühlen. Eben übergleitet deines ewigen Tages Geistessonne deines Daseins Horizont und verzaubert deine Welt der gottesgütigen Behutsamkeiten. Du Bist dir selbst zum Ideal der Gottesmenschlichkeit geworden, von jeder Last und Hast entbunden und mit dem vereint der alles ist und dem der Lobgesang aus Myriaden Kehlen gilt, die sich ihm freudestrahlend anbedungen.

4.9
Auserlesene Gedanken wallen in dir auf und nieder, wenn du deines wahren Seins Gewinde und Lasur entdeckt hast in den Wunderweiten deiner liebevollen Seele. Ich nenne dir als Vater alles dessen, was sich als gedankliche Finesse schwingend, sinnend durch den Raum bewegt, fürnehmlich Mich, der aus enormem Fantasienreichtum schöpft und schafft und seinen genialen Fantasien freien Lauf gewährt im Unvermittelbaren.

Du profitierst von diesem Phänomen, wenn du dich von Mir inspirieren lässest, indem du dich des Denkens regelrecht entziehst. Dann kann Ich dich mit der Ideenflut befruchten, die du doch so nötig hast, um deine schale Weisheit aufzubessern wie sichs denn für einen Sprössling Meiner selbst gebührt. Es ist schon so, dass Ich allein der Weise bin, von dem getuschelt wird er wisse alles was da universenweit geschieht im Weltensein und Leben. In der Tat ist Mir durch jedes denkende sensible Menschenwesen, das Ich Bin, bekannt was ist und in die Zukunft weist in exquisiten Weltentagen.

4.10
Tradition ist gut als Basis für das was du Bist im Fortlauf deiner Tage, doch was du sein willst muss von den Ideen stammen, die von dir und Mir

zusammenfliessen zur gemeinsam ausgeheckten Tat. Du schwärmst von so viel lächerlichen Nützlichkeiten, dass du darob den Nützlichsten von allen, nämlich Mich, durch Jahr und Tag vergisst in deinem herrischen Benehmen. Was du dir da leistest, hat fatale Folgen für den Lebenssinn der vielen, wie für das allgemeine Wohl. Solang du Mich nicht kennst, kannst du dich selber ebenso wie deinen Nächsten nicht erkennen in seiner Eigenart und seinem unnachahmlich solitären Stil. Zerwürfnisse sind programmiert und folgen sich bald auf dem Fuss im schwierigen Zusammenleben.

Hältst du jedoch Mich in dir und allen Menschenwesen hoch in Ehren, blüht die Nächstenliebe auf und bald sind deine lästerlichen Triebe arg gehemmt in ihrem Lauf. Ich seh dich seinsvernünftig und gewissenhaft Agieren mitten in der Tage widerspenstigem und recht beklagenswertem Ritual. Dein Schicksal wandelt sich zum veritablen Guten das Lebensfreude, Wohlgeneigtheit und Empfindsamkeit kreiert. Du lernst, vor allem was dir so begegnet, in Betrachtung seiner Gotteswürde zu versinken, um ihm dann bewusst das Allerbeste anzutun. Es mehren sich die Zeichen von Verständigung und gutem Willen die auf Meinen auserlesenen Einfluss schliessen lassen. So befreist du dich in deinem Seelensein von allen Makeln purer Selbstgefälligkeit und übergibst dich Mir und Meinen gottgefälligen, bewundernswerten und beglückend warmen Dispositionen.

4.11
Es soll dir nicht egal sein, welchem Einfluss du schlussendlich unterliegst, wo Menschensein von überragendem Bedeuten ist für dein geistiges wie körperliches Wohl. Es gibt eben das Versucherpaar, von dem der eine dich zu dem Luzid-Fantastischen

der andere zum Irdischen verführen will für immer, bockig festgefahren. Es braucht Mein Mass damit du das präzise Equilibrium erreichst zwischen Skylla und Charybdis, Überschwang und dolce far niente um wahrhaft menschlich, göttlich und gelöst zu sein von Tand und Illusionen. Mein Merksatz lautet: Meide das Zuviel und scheue das Zuwenig, denn beides sind Extreme, welche sich mit deinem wahren Sein und Wirken keineswegs vertragen. Gestaltest du dein Leben nach dem Sinnspruch: Sinn und Sein sind Mein Daheim, kann dir nichts wahrhaft Übles mehr geschehn. Dein Wohlverhalten ist in Mir begründet und dein ganzes Sein verkündet, dass du in Mir Bist und deine Wolle eingefärbt und angesponnen ist von dem, der dich zur Christlichkeit erzieht in deinen majestätischen und wonnevollen Wundern.

4.12

Ewig rein bist du in deinem Sein, du musst es nur erleben und erstreben, nächtelang und durch die hellen Tage deines Glücks am wonnevollen Leben. Mach auf, schliess wieder und verrichte deinen Part als einer, der sich frank und frei zusammennimmt und seinem schweren Schicksal keck paroli bietet, ohne lange zu verhandeln. Allem Kuriosem gegenüber sollst du dich entsprechend spitz und wählerisch verhalten. Merke dir: Zu allem was du tust, gehört ein waches, aufmerksames Überdenken deiner Lage. Die Hände lassen vor dem Allzuvielen ist genauso nötig, wie das fleissige und konsequente Aneinanderfügen guter Taten. Es kommt mich seltsam an, zu konstatieren, wie viele Menschen völlig kopflos durch die Tage rennen, prächtig pennen, um dann wieder wie die Wilden ihrem Handwerk zu obliegen. Das ist so süss und sinnig anzusehn und bringt doch nichts von allem was da heisst: Das Wesentliche ist noch immer die bewusste und aufs Innigste beförderte Verbindung hin zu Mir und damit hin zu Meinen weisheitsvollen Sphären. Deinem Kommen und Vergehn soll ein konstantes Auferstehn hinzugefügt und angemessen werden. Kein Hälmchen sollst du brechen, ohne dir zu überlegen, ob es nützlich für das Ganze war und ob sich dein Verhalten einfügt in die Pläne Meiner Konstellation, Geschliffenheit und Seinsstaffage. Soweit soll es kommen, dass du dich als das verehrenswerte Fingerchen an Meiner kapitalen Gotteshand gewahrst und niemals ausrufst: „Das geht schief", derweil du wissen solltest, dass noch jede Motion, die von Mir herrührt, völlig überlegt und ausgefeilt geschieht in Meinem Seinsgedankenspiel.

4.13
Alles was Ich dir zu tun befehle in des Herzens Labyrinth wie in des Köpfchens vielverworrner Spule, wird, von Meinem Licht beseelt, ein Schauspiel wahrer Güte und Gelassenheit in Meinen hocherhabnen Geistessphären. Eine unabsehbar lange Reihe von bedeutenden Verwirklichungen lass Ich hinter Mir und füge dieser unablässig neue Werte und Wahrhaftigkeiten, Meistertriebe und Gestaltungen hinzu, deren Charme und Süsse, Aufgeschlossenheit und Frohnatur ein jedes Herz entzückt in seinem unablässigen Pulsieren.

Was Ich ins Leben rufe ist gerufen für Äonen, was Ich vollbringe bringt gesitteten und wohlbegründeten Betrieb in jede Zelle Meiner eklatanten und aufs Äusserste getriebenen Prosperität, von der die würdigsten und auserlesensten Berichterstatter nur das Allerbeste zu berichten haben.

Myriaden hab Ich schon beglückt mit Meiner Art, den Dingen auf den Grund zu gehn und Meine Fähigkeiten gütlich auszuspielen. Kein Winkel bleibt da unbeachtet, den Ich nicht mit Meinem Sein belege, nicht die geringste Eigentümlichkeit vergesse Ich ans Licht zu bringen, um Meiner Qualitäten stets gewärtig, froh und ein Gedenk zu sein im Sichtkreis, den Ich hier begeistert und aufs Trefflichste befugt beschreibe.

Derweil du noch benommen zögerst, lade Ich dich dazu ein, im Gleichschritt mit Mir zügig und solvent voranzuschreiten und dein Scherflein oder stattlich aufgehäuftes Kapital zum Ganzen beizutragen, das sich da in glänzender Parade aufreiht und gebührend präsentiert vor aller Augen, die sich regen Bluts das All besehn. Du sollst einer von den Vifen sein, die längst herausgefunden haben, welche virulenten Kräfte in ihm wirken, wenn er sie nur aufruft und in seine Gottesdienste stellt nach bestem Können und Gewissen. So erneuert und vollendet sich die Seinsgeschichte, der sich alle Lebenstüchtigen und Tiefgesichtigen voll Eifer weihen müssen, Meiner Attraktivität und Gloriole, Stetigkeit, Vielschichtigkeit und Liebefähigkeit voll Wonne und Begeisterung entgegen.

4.14

Moderat und mächtig zugleich verkünde Ich den vielen Meiner Mächte, Prächte und Befugnisse gewaltiges und vielgestaltiges Potential. Niemand ausser Mir kann alle Energie der Welten aus sich selber hebeln und damit Bewegung schaffen jedwelcher Couleur, Wirksamkeit, Kapazität und Korrelation.

Jede Motion muss in sich selbst genügend Schwungkraft tragen, um den Auftrag, der ihm zugedacht ist, sicher zu erfüllen.

Schau zu Mir hinan und überlege, ob es sich nicht lohnen würde, der enormen Kräfte wegen, die für deine Aktionen nötig sind, an Mich und Meine Inbrunst zu gelangen um deine Energieprobleme elegantissimo zu lösen, ohne Zwang und Zwistigkeiten durch den fabelhaften Rückhalt den Ich dir gewähre.

Die vielen Schlangenfänger, Favoriten und Majore, die sich auf dem Feld der Weltenkräfte tun, tun sich weidlich gütlich an der allgemeinen Not und kassieren anstatt, dass sie wirklich helfen, denn sie sind unfähig Mich in die enorme Rechnung einzustellen.

Auch in dieser Hinsicht braucht es keine Wunder um heil und siegesfroh davonzukommen, sondern Meine schöpferkräftigen Ideen, die die Menschen zum Erfinden leiten in den Fächern Kraft und Energie.

4.15

Schlüssig und gerecht entscheiden über deine Angelegenheiten kann nur Ich, der Wissende seit Generationen. Mir allein ist klar, wie die Motive für dein Tun und Lassen zu bewerten sind und welche Konsequenzen sich daraus ergeben. Du baust an deinem Schicksal durch Äonen und Ich baue mit indem Ich Weltgestaltung übe. Es ist für dich von überragendem Bedeuten zu wissen, welche Kräfte deinem Sein zugrunde liegen, und diese sind Mir offenbar, der Ich der Vater aller Dinge Bin sowie der prosperierende Behüter und Beförderer des universenweiten Geisteslebens.

So winzig wie du dich erfühlen magst, bist du Meinem Universensein seit Urzeit aufgepfropft und kannst aus diesem Grunde ohne Mich nicht leben. Elementar ist die Verbindung zwischen dir und Mir und wird es immer unumstösslich bleiben. In dieser

Perspektive ist das Geistige der Welt im Spiel, aus dem sich alles was da ist entfaltet hat als gütestrahlendes Ergebnis Meiner Schöpferfantasie. Des Werdens ist kein Ende und was körperlich vergeht lebt weiter geistigen Geblüts Erfahrung auf Erfahrung häufend, unablässig, lebensfroh. Von Meiner Warte aus gesehn sind alle Fäden des Geschicks am selben Punkte, nämlich an Mich angeheftet und damit agieren deren Träger wesenhaft gerade so wie Ich es will in Meinem grenzenlosen Weistum und Vermehren. Dir aber, Menschensohn, ist ein gewisser Spielraum eingeräumt des freien Über-Dich- Entscheidens, den du zu vertreten hast und der dein individuelles Schicksal bildet unter Myriaden. So kommt es, dass das Eigenständige gewaltig divergiert von dem was es vor Urzeit in Mir war. Das Freisein birgt in sich das Risiko des tragischen Degenerierens, dem so viele schon im hohen Mass verfallen sind. Doch mag Ich das nicht bis zum Letzten dulden. Ich schicke Lehrer, Wegbereiter und Propheten wahren, makellosen Seins in eure Mitte und besonders einen, dessen Sohnschaft Ich vor aller Welt aufs Innigste bezeuge. Wenn du auf diese hörst und ihren seelenvollen Rat befolgst, kannst du nicht fehlen. Es wendet sich dein tückisches Geschick schlussends zum Guten und was du wirklich Bist, wird dir bewusst im strahlenden Erinnern an den Ursprung deiner Daseinszeiten. Du Bist und bist es immer schon gewesen und erfüllst damit des Seinskriteriums Laudatio, Bewusstheit, Sagenhaftigkeit und seelenvolle Elegie.

4.16

Ewig rein bist du in Seinem Sein, du musst es nur erleben und erstreben, nächtelang und durch die hellen Tage deines Glücks am wonnevollen Leben.

Unverzeihlich ist die Abkehr von dem Einen, das dir so viel bringt und deinen Lebenstagen Lust und Liebe, Partnerschaften, Auserlesenheiten, Traditionen und beglückende Ereignisse beschert. Lässig und neutral verhältst Du dich dem gegenüber, der mit so viel Inbrunst, Selbstverständlichkeit, Notwendigkeit und Energie um dein Menschsein und dein Wohlgefühl besorgt ist, lebelang und intensiv.

Du fokussierst dich auf unendlich viele Dinge, Haupt- und Nebensächlichkeiten, die dein Sein und Sinnen völlig absorbieren und vergissest dabei dich dem unbedingt erforderlichen, substanziellen und reellen, das Ich für dich Bin, aufs Innigste zu weihen. Statt geführt wirst du verführt nach Strich und Faden und glaubst dabei noch, alles recht und gut zu machen in der feinen Art, mit der du dir die Zeit vertreibst und deinen Grillen nachrennst nach Belieben.

Was du nicht wissen kannst ist, dass Ich dich trotzdem ohn' Unterlass im Auge und im Sinne behalte, währenddem du Liebesküsse tauschest, deinen Eigensinn bewahrst und dich keinen Deut um all die Hintergründe kümmerst, die dich tunlich über Wasser halten.

Schöner wäre es, wenn du dem Sinn des Lebens näher ständest und nach Dauerhaftem Ausschau hieltest auf dem Berg der Sehnsucht und des guten Willens nach Vereinigung mit dem der in dir ist und deinen Tagen Glanz und Güte, Wohlfahrt und Holdseligkeit verleiht als Morgengabe an dein Sein und dein verehrenswertes Geistesleben.

4.17

Was du von dir weisst ist herzlich wenig im Vergleich zu dem, was Ich in Meiner Weltenschau gesichtet und gespeichert habe. Da gilt es, unaufhörlich an des Lernens Pult zu stehn und die täglichen Ereignisse zu hinterfragen nach der Weisheit die sie dir vermitteln wollen. Dein Verhalten soll sich dementsprechend ständig ändern und verbessern, deinem Wissensstand gemäss.

Die ganze Welt erfährt sich selbst im Umbruch, den sie sich gefallen lassen muss in ihrem unerhörten Streben. Da gibt es vieles zu bedenken und zu lenken, zu begreifen und zu arrangieren, bis die Lebensdinge durch die rechten Bahnen laufen und bekömmlich werden für den braven Bürger wie für den Exzentriker, der sich nicht so leicht befrieden lässt in seinen wilden Spekulationen.

Womit spekulierst auch du? Willst du deine Ängste mit viel Geld vertreiben? Oder hoffst du im Spital für alle Zeit gesund zu werden? Da gibt es einen Haken, die Vergänglichkeit, die das geliebte Leben so suspekt macht und ihm allen Tiefsinn rauben will, noch eh es recht geboren. Genau an dieser Stelle kommt das Ewige ins Spiel, das Ich dir Bin und das im Geistraum keineswegs von Abbau und Verlust bedroht ist, sondern schwelgen darf im ständigen Sich-Erheben. Das ist auch deine Perspektive auf die fernste Zukunft hin, an der du dich zutiefst erfreuen und ermuntern darfst in deiner Seinsphilosophie.

4.18

Das Ungefähre ist nicht Meine Sache, denn bei Mir ist alles wunderbar geschickt und trefflich definiert, was ist und was Bestand hat für Äonen. Ich mache Mir ein Fest daraus, was sein soll, haargenau und wunderbar gediegen, auszudenken, bis es fugenlos ins Weltgebäude passt mit allen seinen wohlgelungenen Nuancen. Das gibt ein trefflich Bild von Auserlesenheit und Reichtum, Prunk und

Götterfantasie an dem Ich Mich ohn' Unterlass aufs Innigste erlabe. Der Gerechte aller Himmel lässt sein Auge wohlgefällig auf des Seins Errungenschaften ruhn und beschenkt sie mit der Achtung und Bewunderung, die ihnen von allüberall gebühren.

Was hast du nun davon, wenn alles wie am Schnürchen läuft und sich die Lebensdinge an Präzision, Vielseitigkeit und Charme beständig überbieten? Du weisst, dass wahre Tugend Schönheit zeitigt und dass die ewige Jugendfrische Meines Universenwesens so viele Weltendinge schafft, weil es sich an der guten Tat ergötzen will wie an der Seligkeit und Wonne die aus der Entfaltung seiner kapitalen Kräfte resultieren.

Ich bin es längst gewohnt, alles was Ich tue nicht mehr allzu lange zu betrachten und zu reflektieren. Immer neue fabelhafte Wünsche und Ideen drängen sich ans Licht aus Meinen Schalen und vermehren was Ich kann ins Unermessliche und höchst Erhabene, holdselige und heitere Verbreiten.

4.19

Wer die Schuld hat soll dafür bezahlen, tönt es mächtig durch die Menschenvölker hin. Doch Meine Version ist: Dem ist beizubringen, dass er keine neuen Schulden aufhäuft, so wird er auch die alten in den Griff bekommen. Jeder braucht Verständnis für die Lage seines nächsten und den Drang, ihm mit Geduld zu helfen in der Not. Gar viele aber sind in Seelennöten, weil sie zu ihrem Schöpfer kein Vertauen haben und damit am menschlichen Kalkül verzagen.

Wer sich geistig einschränkt, hat schon viel von seinem Charme verloren. Wer überzeugt ist von der Kraft erhabener Gedanken, dem ist für alle Zeit geholfen in der Strategie des Seins und Lebens, die für jeden gängig ist, bedenkenlos. Was kann dich schliesslich mehr begeistern, als zu reüssieren auf der Lebensbahn und statt Schelte staunende Bewunderung und Achtung einzustreichen? Das aber kann dir nur mit Meiner liebevollen Hilfe und Beförderung geschehn. Fühlst du Mich nah, beflügelt sich was du dir bist und deine Geisteskräfte wachsen ins Unendliche hinein. Vielfältig und bezaubernd sind die Gaben göttlicher Natur, die zu empfangen deine grösste Sorgfalt und Geduld erheischt von allen deinen Angeboten.

Freudentränen sind nichts anderes als eine warme Flut von Dankbarkeit, die dich ob Meiner Gnadenfülle überkommt und dir bedeutet, was sich wirklich lohnt im langen Leben. Du bist allem, was da ist, aufs Innigste verpflichtet, weil es dir genau so gut wie Mir gehört im Zug der himmlischen Betrachtungen, die Ich mit dir vom Anfang bis zum gloriosen Ende führe.

4.20

Das Einmaleins der Gottesfreundschaft ist recht schwierig zu erlernen, denn das braucht den vollen Einsatz der Gemüter, die zum Aufbruch und zum Aufschwung drängen in den Hallen ihrer Geistnatur. Diese jedoch sind in Meines Namens Fülle und Verheissung ohne jeden Zweifel fähig kapitale Taten zu vollbringen, brüderlich und folgenschwer.

Gerade auch an dich ergeht die Mahnung, dich nach Meiner Art und Relevanz voll in den Weltbetrieb zu stellen und dich ohne jedes Wenn und Aber nach den Regeln tätiger Vernunft und Sitte zu verhalten. Alles was du leistest, sollst du als in Meinem Auftrag und Gewinst vollziehn und dabei nimmer rasten bis die Glocke Sieg und Wohlfahrt läutet auf gottseliger Spur.

Wen trifft es, wenn du jämmerlich versagst? Nicht dich allein, sondern die Gemeinschaft aller die da sind und ihren Part am Ganzen ehrenvoll zu leisten haben. Das muss dann von den vielen nachgebessert werden, die bereit sind ihrem Opfersinn gemäss zu handeln und ihr Soll mit Weltverstand und Nächstenliebe zu bestehn. Was aber dich persönlich angeht, ist von dir allein ins rechte Licht und Sein zu stellen mit tadellosem guten Willen und mit Meiner Hilfe zur bewussten Tat.

Du wirst das Geschäft des Lebens allgemach als wie ein Generator reinen Glücks betreiben und dich an die Spitze derer stellen die was Bedeutendes verstehn. Deinem Herzensbund mit Mir folgt nach dem innigen Verlangen das Erlangen grosser Werte und Entschiedenheiten. Du darfst dich als von Mir geadelt fühlen und dein Werk lebendiger Vernunft von Mir beschützt und ausgezeichnet sehn. Was wahre Grösse ist, brauch Ich dir dann nicht mehr zu sagen und was Gottesfreundschaft ist, ergibt sich aus dem Zuge zum Gerechtsein und zur Heiterkeit trotz aller Fährnis auf dem universenweiten Lebensstrom.

4.21

Was sagst du nun, wenn du dein Sein bedenkst und feststellst, dass es nur das Meine sein kann in der Verbundenheit und Einheit aller Weltenwesen? Du fängst bei dir weit unten an und denkst dich durch die geistigen Hierarchien von Ebene zu Ebene hinan, bis du zu Mir gelangst, dem Allerhöchsten, das Ich Bin und das sich von ganz oben bis zu dir hinab gar liebevoll verströmt.

So kommt es, dass Mein Alldurchdringen schliesslich bis zu dir gelangt und dich aufs Innigste befruchtet und belebt. Du bist in deinem Kern genau das, was Ich Bin, nur dass die Hüllen vor dir selber dich verbergen. So trete denn als Strahlender von Meiner Provenienz aus dir hervor als das Ich Bin und suche Mich in aller Form und Farbe, Fürbitt und Gerechtigkeit, Gottverbundenheit und Herzensgüte würdig zu vertreten.

So appelliere denn voll Verve und Wille an dein Ich-Gefühl, derweil Ich dich in allem Irdischen, das Ich als Lebensgrund für dich geschaffen habe, lieb und weise durch die Welten trage. Aufrührerisch, verschwörerisch und doch unendlich wahr ist, was Ich dir zum x-ten Mal vor dein erwachendes, geheimnisvolles Seinsgewissen lege. Du brauchst es nur mit Andacht zu ergreifen, um als Verklärter und als Seinsgelehrter aus diesen strahlenden Erkenntnissen hervorzugehn. Das versieht dich mit dem Siegel der Vorzüglichkeit und Geistesstärke, der Gewandtheit, Genialität und des erhabnen Fürstentums in Mir. Du lächelst, wo so viele weinen und führst sie wissend und vertraulich, heiter und gelöst zum Weisesein hinan, wo sich die grössten Geister dieser Welt wie jener freudevoll und gütig, wach und innig ihre Referenz erweisen.

Unermüdliche Geduld und Seelenstärke

5.1

Leben wir, so leben wir in dem der uns geschaffen hat und sich wie nichts darum bemüht uns von unserer geistigen Blindheit zu erlösen. Lass Mich dir erklären, Kamerad, worum es geht, derweil du dich schön still verhältst in der Bewegtheit deiner Motivationen. Bis hierhier und nicht weiter, sagt dir der Verstand. Du denkst und denkst im Kreis herum, wenn du versuchst dein Dasein vor dir selber zu erklären. Woher du kommst, wohin du gehst erscheint dir als ein unlösbares Rätsel, schicksalhaft und folgenschwer. In eben diesem Punkte muss Ich dich als blind erklären, weil du zwar mit deinen Augen alles Irdische und so Vergängliche betrachten kannst, derweil es dir verwehrt ist, damit seinem Wesen auf die Spur zu kommen. Von diesem Blindsein dich erlösen ist Mein Ziel und Meine Hoffnung in der Fülle dieser Evolutionenzeit, die so viel Neues bringt, das Wesentliche jedoch lässt beim Alten.

Da braucht es unermüdliche Geduld und Seelenstärke um im ruhigen Betrachten dessen was du Bist Gedankenlosigkeit zu üben. Damit wirst du fähig, deines wahren Wesens geistige Präsenz voll Freude zu erkennen und zu lieben. Du weisst, dass es unsterblich ist als Geist vom Geiste, Sein vom Sein in welchem alles was da ist den Anfang und das Ende findet in Erhabenheit und Würde, Glückseligkeit und immerwährenden Verbindung mit der hocherhabnen Gottnatur.

5.2

Ein Mandala weist wie so vieles darauf hin, dass du dir selbst ein Rätsel bist so lange, bis Ich es dir in der Erkenntnis deiner selbst aufs wunderbarste löse. An dir ist es, vertrauensvoll den Berg hinanzuschreiten, der dich zum immensen Lichte führt, das Ich für dich bereitet habe. Es ist des Geisteslichts gewaltiges Empfinden, das deinem Seelensein vollendete Gewähr für die Allgegenwart beschert, in der Ich königlich und majestätisch, selbstbewusst und unerschöpflich throne.

Meine Regel heisst: Beständigkeit im Guten, Makellosigkeit in der Erfüllung aller Pflichten, die Ich Mir wohlerwogen auferlegt und vorbehalten habe.

Im Unendlichen ist auch unerlässlich reiche Kraft vonnöten, um die Geisteskatarakte, Schleusen, Ballungen und Weltenwallungen äonenlang in überschwänglichem Betrieb zu halten. Du und deine Weltenraumbewohner verbrauchen ständig was Ich innig zur Verfügung halte: die energiegesättigte Substanz des Lebens, ohne die kein Windchen sich bewegt, kein Sternlein leuchtet und keine Galaxie voll Seele durch den Äther rauscht in ihrem namenlosen Schicksal, sich in steter Unruh durch sich selber und Mich zu bewegen.

Auf das kosmologische Geschehn hab Ich ein nie erlahmendes und ausgesprochen gütevolles Augenmerk zu richten, dem der Wille innewohnt das genial Geschaffene mit unermesslicher Geduld, Voraussicht, und Erhabenheit zur klassischen Vollendung und Vollkommenheit zu treiben. In deinem Fall braucht es dazu das Seinsgewicht von Myriaden und du kannst dich glücklich schätzen, für alle Zeit, in Meine Meisterschaft gebettet, vehementes Schicksal zu erleben ebenso wie in der Pracht des Seelenseins in Meiner kosmischen Präsenz voll Wonne, Einsicht, Heiterkeit und Seinskapazität zu ruhn.

5.3
Wohlan, es rufen die Posaunen grandioserweis zum Aufbruch in Mein Reich des strahlenden

Bewusstseins, das die Sternenreiche überwohnt in den von Meinem Geist erfüllten hocherhabenen Allweiten. Noch ist Mir nicht bekannt, dass deine Geisteszüge im Unendlichen ruchbar waren. Du hieltest dich zurück, weil du dich nicht getrautest ins wahrhaftig Grandiose vorzustossen, um gerade diese Inkarnation als Seinserleuchteter und Allgewandter zu beschliessen. Dabei gehen deine Wege ständig nah an dem vorbei der ist und der Ich Bin und ohne, dass du ahnst, durch welcher Hoheit Fluidum und Strahlkraft, Treue und Kontinuum du dich bewegst. Dein Geist ist noch nicht fähig Geistiges als wirklich, kraftvoll wirkend und sich selbst bewusst zu sehn. Das wird sich ändern in dem Mass mit dem du dich um das Unendliche, Wahrhaftige und Sagenhafte kümmerst, das dir in des Lebens Blickfeld, Bon Dieu und Prozedur gerät. Es gilt, das Unbekannte, Rätselhafte in Bekanntes und Bewusstes umzuwandeln, zu des Lebens Sinn und Beauty, Fluss und Saveur, Würdewillen und Bekömmlichkeit mit wachem Geiste in der Liebe wachsender Bravour.

Du machst dich bei Mir dann am ehesten bemerkbar, wenn du tapfer und geduldig dem was du als deine Pflicht erkannt hast nachgehst und damit ein Menschenwerk vollbringst, das weit in Meines Reiches Wohlstand und Wahrhaftigkeit hineinragt, zu deinem wie zu Meinem gloriosen und verbindlichen Kapitel in der Bildlichkeit der allgemeinen Gottnatur.

5.4

Nur schon der Anstand deiner selbst gebietet dir, das unverzüglich anzupacken, was dir als plausibel, nützlich und erspriesslich scheint in deinem köstlichen Manövrieren. Verbummeltes ist meistens nicht mehr einzuholen, Verdorbenes behält den fahlen Nachgeschmack, selbst wenn es noch so tüchtig nachgepfeffert wurde. Deine Gangart sei bestimmt von dem was du erreichen willst auf deinen wohlerwognen Wegen; dein Vorwärtsstürmen unterbrochen dann und wann vom wohlbestimmten Atemholen.

Entscheide dich für ein vernünftiges Etappenziel, und wenn du wirklich reüssieren willst, vertraue selbst das simpelste Programm Mir an, damit es rhythmisch und erfinderisch, gekonnt und souverän in Vollkommenheit erglänze. Durch dick und dünn will Ich dich führen, am Gängelband bewegen für und für, damit die Prophezeiung sich erfülle: In Mir wird alles gut und Herzensgüte prägt was von Mir kommt und wie der Sommerabendwind an dir und deinem Angebind vorüberweht. Du kannst nur hoffen, dass der Geist der Wahrheit dich zu dem beflügelt, was dezent und wohlbegründet, artig und erhaben ist im Chor der vielen Möglichkeiten bis zum Ende des enorm gesteigerten Bemühens überragend dazustehn.

Verstehst du es, nach Meiner Geige wild und mild herumzutanzen, wirst du bestimmt in keine Löcher tappen und das Erbe deiner Taten darf sich wahrhaft sehen lassen in der Schar der präziösen Güter, die sich, von Menschenhand gemacht, als schmucke Himmelsgaben und Verfügungen erweisen.

5.5
Wer ist nicht gewillt dich je im Stich zu lassen? Ich, der Fürst des Allerbarmens und der Tugend der Gerechtigkeit am Sein und Leben. Auf Meinem Schild sind Mut und Tapferkeit zu einem Zwillingspaar vereint, das weder Furcht noch Schwäche kennt in seinen gloriosen Aktionen. Ich gehe Meinen Feinden frohgemut, gewandt und

unbesorgt entgegen, weil Ich zweifellos den Sieg auf Meiner Seite seh.

Kannst du ermessen was es heisst, unter Meinem Vollschutz und Panir wie's Kindchen in der Wiege vom Gemetzel ausruhn? Erprobe dies und sei gewiss, dass Meine Hand in ewiger Entschiedenheit dein Sein behütet und mit Tausend Segnungen beehrt. Bei allem was Ich unternehme ist vollendete Gelassenheit und Liebe mit im Spiel. Was zögerst du, verehrter Freund, geliebte Freundin dich voll Sanftmut an Mich anzulehnen und dabei die Seligkeit des Herzens zu verspüren, die das Vertrauen in das Ewige mit sich bringt. Es soll in dir Gewissheit herrschen über die Gesetzlichkeit die allem Sein zugrunde liegt und es befähigt Anstand, Frohsinn, Heiterkeit und Liebenswürdigkeit zu pflegen. Du bist in es gebettet, merk dir dies und sei begeistert von der Möglichkeit, in ihm und seinen seelenvollen Variationen vollkommen friedvoll aufzugehn.

5.6
Nicht Vormund aber Mundschenk will Ich sein für alle die Mich herzlich lieben. Meine Gastfreundschaft ist Legion und reicht vom einen Ende bis zum anderen des Alls, das Ich mit Umsicht, Generosität und göttlicher Gelassenheit verwalte. Ich mache alles leicht und lebensfroh, was Mir entgegenkommt in guten Treuen und beschwichtige manch surrendes Gemüt, damit in Meinem Reich der Friede herrscht, die Sanftmut, Heiterkeit und Harmonie.

Es gilt für dich, noch jeden Auftrag treulich zu erfüllen, den Ich dir mit ewig hoffender Gebärde vor die Füsse lege. Du musst es ohne Zwang und Zittern tun in völlig freiem dich dazu entscheiden. Nur so entfaltet sich der Keim der Freiheit, den Ich in dein Sein gelegt und akkurat für dich bemessen habe. Gehst du deinen Weg als Überwinder und Vollbringer von den Meinen, gehst du richtig, sanft und herzensgut wie alle Seinsverständigen und himmlisch Angehauchten durch das Leben gehn. Erwarte von den andern nichts und von dir alles in der Meisterschaft und Mustergültigkeit von deinem Tun, damit die Welt sich akkurat in dem Bereich verändert, der zweifellos verändert werden kann. Schaust du auf Mich, kannst du gewiss sein, dass sich dein Bewusstsein weitet immer mehr dem Kosmischen entgegen, das Ich in dir Bin und das sich hinter den Erscheinungen des Himmels fein verbirgt, damit es nicht profanisiert, missbraucht und ausgebeutet werden kann. Du weitest dich, derweil Ich Mich in dir ganz klein und keimhaft mache, um der Liebe Willen die Ich für dich hege. Komm, kümmere dich mehr um das was droben ist indem du in die Stille gehst und in die Seligkeit des Gotterfahrens.

5.7

Die Wahrhaftigen und Weisen sind es, die die Welt voran und in die Ränge wahrer Menschlichkeit und Menschenwürde transformieren. Ihrem Beispiel sollst du deines folgen lassen, sollst nicht rasten, bis du deine Pläne als die Meinen verordnet und verwirklicht hast im Umkreis deiner Heldentaten. Was du Bist ist nicht die Leichte eines Nonvaleurs sondern das erhebliche Gewicht des Sumo Ringers, dessen Vorbild weiten Kreisen Mut verschafft sich selber mit dem Schicksal anzulegen.

Es gilt, das dir Gegebene beständig zu verwandeln, dass es an Wert gewinnt und Kräfte um sich sammelt, die die Welt zum Guten lenken und zur seelenvollen Harmonie.

Wie gehst du vor, um deine Musterziele zu erreichen? Du lässest dich von Mir aufs Trefflichste beraten, indem du deiner Eigenwilligkeit den Riegel schiebst und dich damit Mir öffnest als dem Einzigartigen, das ist und das aus ewigen Ressourcen Wirklichkeiten schafft, die ganze Welten mustergültig weiter zählen. Gehorchst du Meinem Minnesang, kann Ich dich mit Mandaten sagenhafter Gottgefälligkeit betreuen, deren Ausgang Meinen Ruhm aufs Herrlichste vermehrt wie deinen, dass du hocherhobnen Hauptes wie auch hochgelobt einhergehst unter Deinesgleichen. Meine Stimme tut dir wohl und stimmt dich gnädig allen Weltenwirren gegenüber, die dir noch den Kopf verdrehen wollen. Du lässest sie gekonnt gewähren und verminderst ihren Einfluss wo du kannst durch deinen wohlbedachten und erhabenen von Gottes seelenvollem Ritual. Durch dich kann Ich am Trefflichsten zum Zuge kommen, derweil die Züge von Myriaden nur geringe Wirkung zeitigen im Sinn der Weltenevolution. Eckpfeiler sollst du sein am Geistpalast, den Ich vor aller Seelen Augen kühnen und gerechten Muts errichte, um der Labsal Willen, die Ich über Generationen liebevoll und heiter, tatkräftig und aufs Äusserste entschieden in Mein Menschentum verströme.

5.8

Cantadores der Gerechtigkeit und Liebe Bin Ich ganz besonders zugetan, weil sie den Gottessinn verbreiten und akurat für Mich gerade stehn. Ihr Äusseres ist schlicht gehalten, doch in ihren Seelen lodern Feuer der Holdseligkeit am Leben und der Tugend im verehrenswerten Tun. Sie schaffen es, ihr ganzes Soll in Meinen Diensten zu verrichten, derweil sie klug genug sind sich in ihrem Durst nach

Wahrheit, Redlichkeit und Energie an Meinem Bronnen zu erlaben. Das gerade kommt für dich in Frage, wenn du wirklich reüssieren willst in Meinem Sinne und gewiss auch Meiner Hoheit zielbewusst entgegen. Es mag dich viele Stösse und Behinderungen kosten, wenn du Meines Weges dich versiehst, doch adelt dich, was du um meinetwillen wesenhaft erleidest im Gewirke deiner Gottestaten.

Es lohnt sich stets, gerade wegen Mir die Grenzen der Natürlichkeit zu überschreiten und bewusst hinüber ins Unendliche zu gehn. Dort erwarten dich die Geister der gesteigerten Empfindsamkeit am Sein und Leben und lehren dich, den Unsichtbaren intuitiv und wissentlich, überzeugt und fruchtbar zu begegnen. Durch gewissenhaftes Üben ist es dir schlussends gegeben, Meiner Gegenwart in dir und deinem Reichtum Referenz und Ehrfurcht zu erweisen. Derweil dein Rascheln und Rumoren mählich ganz verstummt, beginne Ich in dir zu reden und das königliche Zepter hochzuhalten. Ich Bin bei dir zu Gast als Intimus und freundlicher Beförderer und auch noch deiner Angelegenheiten. Nun fügt sich alles wie von selbst in deines Lebens Billigkeit und Sitte und lässt in dir die Freude am Gelingen deiner Pläne spriessen.

Du kommst und gehst und hinterlässest eine Spur der Sanftmut und des Friedens, die den Vielen die dir folgen Sicherheit und Seelenhalt gewährt. Das offenbart dann wie dezent und wohlgefällig sichs in Meinem Geiste leben und gedeihen lässt voll guten Mutes am allweltlichen Geschehn. Das Ordentliche siegt und die Treue zu den Höhen der Beschaulichkeit und reinen Liebe findet ihren wunderbar gesolligen und seinsgerechten Lohn.

5.9

Im Glanz der Stunde trage Ich dich weit hinan ins Licht des guten Willens am allweltlichen Gestrampel, Puffen und Den-Lebenstest-aufs-Trefflichste-Bestehn. Wer Geschmack am Reüssieren und Brillieren finden soll bist du, von Meiner Hand dazu bestimmt ein Gottgefälliger zu werden der bereit ist, alles nur Erdenkliche für Mich und Meine Herrlichkeit zu tun. Erkennst du, welchen Stellenwert die Gottverehrung in sich trägt, wirst du nicht müde, diesem edlen Punkt gebührende Beachtung einzuräumen. Es soll sich für dich darum handeln, von der Basis, die Ich dir geschaffen, aufzusteigen in die Höhen der gottseligen Vernunft und Geistesstärke, in deren wohlgestimmtem Klang die Avancierten glückbegeistert leben.

Es gilt, den Ordnungen des Himmels neue, vielversprechende und überzeugende hinzuzufügen, ob deren Dichte, Wohlgestalt und Souveränität die Herzen der vereinten Scharen höher schlagen und sie dazu animieren, immer gottgefälliger und damit seliger zu werden.

Hier bist du und hier Bin Ich im selben Zuge der Begeisterung am Sein und In-die-Weiten-des-gottseligen-Bewusstseins-Streben. Dich mutet es noch seltsam an, dass jemand mitten in der Welt des Haders, hunderten von Ängsten und Behinderungen wohlgelaunt, zielstrebig und von Lebenslust erfüllt sein kann. Das ist nur möglich in der Schau auf was Ich Bin und bestens ausgerüstet mit Mir treibe. Allweisheit führt zur Einsicht, dass die Gottesdinge keinesweg im Argen liegen und dass sie alleweil bestrebt sind, das Erreichte zu verbessern und den blendenden Erfolgen weitere hinzuzufügen.

Sieh doch, wie Ich beständig Meinen Frieden ins Unendlich verströme. Betrachte diesen als dein Teil an der Verwirklichung der grossen Einung, die Ich ohne jeden Zweifel intendiere. Öffne dich und sei und lass dich in Mir von der Makellosigkeit und heiteren Bewegtheit der gottseligen Gefilde überzeugen.

5.10
Wie schön du bist, wenn dich kein Übel plagt und deine Züge Losgelöstheit, Heiterkeit und Herzensfrieden offenbaren. Was du auch immer unternimmst beschert dir die sublime Freude des Gelingens, was dir begegnet mehrt dein Heil und stimuliert dein Selbstgenügen. Da bist du in Gefahr als selbstverständlich anzunehmen, was dir so viel Beglückendes beschert. Dabei bist du immerfort von Meinen Schwingen liebevoll und majestätisch, selbstlos und beständig durch das Sein getragen. Auf den Punkt gebracht, will Ich dich dazu animieren, ständig Dankbarkeit und Wohlbehagen vor dich hin zu murmeln. Wem gegenüber? Mir, dem um dich Gegenwärtigen und allen Lobes Würdigen seit Jahr und Tag und seit die Weltendinge existieren.
Es ist für dich nicht einfach zu begreifen, dass jederzeit und allgemein was immer ist aus Meiner unbegreiflich reinen Fülle kommt, von der schlussendlich alle aufs Entschiedenste und Radikalste, Allerwerteste und Wonnevollste profitieren.

5.11
Kannst du ermessen was es heisst, von Engeln getragen, geführt und beseligt zu werden? Sie sind dir die Erretter aus der höchsten Not und dämpfen deinen Fall ins Ungewisse bis du wieder wohlbehalten sichern Grund berührst. Es ist ein Weltenabenteuer, in das du dich verwickelt siehst,

eines roten Tuchs Gefuchtel, das deinen Zorn erregt und dich zur unbedachten Tat verleiten will. Da trete Ich geballten Willens auf den Plan und bewirke, dass die niederträchtigen Geister fliehen müssen. Somit stehst du heil in Meines Lichtes Strahlen und darfst dich in der Atmosphäre Meines Lächelns sicher fühlen.

So ergeht es allen, die sich unbedacht ins Weltgetümmel stürzen und aus dem Labyrinth von dräuenden Gefahren keinen Ausgang finden. Ich allein steh allen Mächten in der Hochburg Meiner Übermacht entgegen und besiege alles Ungebührliche, das dich wie eine Furie bedroht. Du musst dich aber an Mir halten wollen, voll vertrauend auf Mein Wort vom guten Hirten das besagt: Kommet her zu Mir, Ich will euch Herzensruhe in der Unrast und Erlösung aus der Qual der Erdennot vergeben.

Das bringt die grosse Wende in des Weltenlebens Argument und Stil. Durch Mich wird es der Niedertracht entrissen mit dem einen Ziel, die Weltenharmonie zu stärken und das Lichtmal reinen Friedens zu errichten in den Seelen Meiner teuen, vielgeliebten Freundesschar.

5.12

Fühlst du dich erlöst, wenn einer zu dir sagt: Ich bin für dich gestorben und habe dir gebührend vorgeführt, wie man wieder aufersteht ins Weltenleben? Betrachte dir das Volk, will Ich hier sagen, wie es verständnislos vor dieser Frage steht und vor dem Dienstbefehl: Du musst es glauben. Ich aber weiss, wie diese Dinge im Unendlichen liegen, wo man ewig lebt und wo das Seinserkennen dominiert, weit über allen erdgebundenen Illusionen.

Das Christuswesen offenbart dir, dass es den Seelentod nicht gibt und dass das reine Sein in seiner Geistigkeit die Sünde gar nicht kennen kann. Demnach heisst Erlösung für dich, mit der ganzen Inbrunst deines Herzens in das Sein zu steigen, um in jenem Zustand des Gemüts erlöst zu sein von allen Sorgen und sich in der Liebe Christi wohl zu fühlen. Theologie nährt den Verstand, doch muss die Speise mit dem Herzgefühl verdaut und in dein Wesen eingefügt und eingemittet werden. Aus Liebe hat der Herr, der Ich dir Bin, sich so erniedrigt und hat dir damit gezeigt, was du dir sein kannst, wenn du willst, in deinen Niederungen wie in deinen seinsglückseligen und himmelweiten Höhn.

5.13
Auferstehn ist die Erkenntnis von dem Sein an sich, das weder Tod noch Sünde kennt in seinen geisterfüllten und gottseligen Dimensionen. Bewegst du dich in dieser Richtung und Gewähr, vermag dich nichts mehr aufzuhalten, bis das Ziel erreicht ist als das auserlesenste und wonnevollste unter noch so vielen attraktiven Zielen. Es geht mit dir bergauf, kann ich aus gutem Grund berichten, denn deine Prüfungen im Lebenslauf sind schwergewichtiger geworden und deren Lösung überzeugender zu deinen Gunsten auf dem langgedehnten Gottespfad. Wohin Ich dich behutsam dirigieren will, ist die von Mir beherrschte Seite, auf welcher weder Lug noch Trug und Seelenunbill existieren können. Von dieser Stätte höchster Seinsgewissheit und Versiertheit gehst du aus, um eine Welt von Albernheit und Katastrophen, Wichtigtuerei und Arroganz behutsam umzupolen und schlussends herzinniglich zu überwinden.

Turbulenzen rufen Ordnungskräfte auf den Plan, weil ohne Disziplin und wohlbedachte Regeln die Gemeinschaft Schaden leidet statt konsequent zu reüssieren, Meinem Ideal entgegen. Welche Warnung trifft dich da? Du sollst gerecht sein deinem Nächsten gegenüber so wie du es selbst erwartest in der langen Reihe von Begünstigungen, die dein Heil und deine Heiterkeit bewirken sollen.

Ich schaue dich so an als Menschheit auf dem Erdenplan und überschaue die prekäre Situation, in die du dich voll Eigenwilligkeit und Rüpelhaftigkeit gebracht. Da erbarmt sich Meine Schöpferfantasie des Weltenzustands der die Menschheit in den Abgrund dirigiert. Ich sende Meine beste Kraft von ihrem Sonnendasein in das Irdische, um die Menschen zu belehren und im geistigen Bereiche Liebefähigkeit im Wandel der Gesinnung zu bewirken.

War Mein Opfer noch so wohlgetan, nur allzu vielen ist es noch kein Grund, um umzukehren und dem Ganzen seine Liebesdienste zuzuwenden. Ich aber höre nimmer auf, das Liebevolle zu betonen und dahin zu wirken Gegenliebe zu erlangen aus den Reihen der Begüteten im menschlichen Revier. Sie setzen um, was Ich so intendiere und stärken ihr Bewusstsein bis hinauf zum Gotteswohl, in welchem Osterfriede herrscht, begeisternde Glückseligkeit und Wonne an der göttlichen Substanz, in die sie freudestrahlend eingezogen.

5.14

Jung getan und alt gewohnt soll die Parole über deinem Haus und Haupte sein, die dich zu Mir und Meinem Reiche führt der Seinsgelassenheit und des intensen Herzensfriedens. Die ewigen Dinge driften dir galant entgegen und klären dich darüber auf, was du dir sein kannst, wenn deine Akribie des

Suchens von Erfolg gekrönt ist in des Geisteslebens unerfüllter Prälatur. Was dir klar wird ist, dass alles Irdische nur scheinbar zu dir selbst gehört und dass dein wahres Wesen als von geistiger Natur auf Zeit im Körperlichen wohnt um des immensen Lernens Willen, zwischen allen Zeilen. Nichts gehört dir ganz, und dein erklärter Adel ist es, dich den Dingen der Natur mit grösster Ehrfurcht himmlischen Geschenken gleich zu nahn. Sie kommen zu dir und vergehn, derweil du Bist das bleibende, unsterbliche Vermächtnis deiner Selbst in wunderbaren Daseinsgraden. Was aber Bist du denn, will Ich dich sanft und höflich fragen? Du Bist das Sein an sich mit allen seinen immortalen Qualitäten, der Bewahrer exquisiten Geisteslebens, das die Fülle dessen offenbart, was ist und was sich seelenvoll verschenkt ans allgemeine Weltenfluten.

Kannst du ermessen was es heisst, in sich des reinen Seins Bravour, Beständigkeit und Unerschöpflichkeit zu tragen? Es ist dasselbe in des Sternenalls Besitzen und Bewohnen, wie in des Geistgigantenreichs verblüffendes und rigoroses Lichtverstrahlen. Was Ich dir Bin ist ebenso vom Sein beseelt wie das was du dir bist, nur dass das Meine sich seit Urzeit vor der Welt verbirgt im Zeitenlosen.

Die Uhrzeit tippt dich an und überbringt dir die stabile Botschaft von der Höhe und der Niedrigkeit in die sie sich in dir begeben. Du nimmst sie schweigend hin und fühlst dich allsogleich durch sie ins Überwirkliche, Allgöttliche erhoben. Das ist dann der Bezirk, in dem du seligen Geblüts solang du willst verbleiben kannst, um dich in ihm für neue, wunderbar beglückende allschöpferische Unternehmungen zu stärken.

5.15

Dem Strahl der Hoffnung liebevoll dahingegeben, birgst du dich in Mir um neue Gnaden und Begünstigungen zu erlangen, ohne je ein Ende davon abzusehn. Was du damit bewirkst will Ich dir sagen. Du setzest Kräfte der Entschiedenheit an deinem Menschenschicksal in Bewegung, die dir mächtig helfen deine Lebenssituationen würdig zu bestehn.

Was du dabei gewinnst, sind Selbstvertrauen, Dankbarkeit und die Gewissheit, dass die Wesen die dich immerzu umgeben, deinen Herzensruf vernehmen und dir die erlösenden Gedanken senden in dein Tal.

Siehst du wie du integriert bist in ein höherwertiges System von genialen Denkern, liebevollen Helfern und Behütern deines Daseins, fühlst du dich in ihm vollends geborgen und auf wundervolle Weise Schritt um Schritt geführt. Es ist als lächelte dir unentwegt die Weisheit göttlicher Manierlichkeit entgegen, die sich deiner annimmt und dich in die Geisteshöhn geleitet, die sie dir seit Urzeit zugestanden haben.

Reell gesehn, bist du das unfehlbare Instrument und Element der Grazie ihres Willens, das in Gleichgestimmtheit und tiefinniger Verbundenheit in ihrem Sinn agieren soll, zu deinen eignen Gunsten wie zu ihren in der Atmosphäre seliger Freundschaft zwischen dir und ihnen.

5.16

Wer zehrt von der Gabe der Weisheit aus Meinem Revier? Du selber zuerst, wenn du nur gläubig und zärtlich im liebenden Herzen zu Mir stehst und Meine Räte befolgst im erspriesslichen Leben. Dir sind die Hände gelöst, um die Weisheiten freudigen Herzens weiter zu geben; gar viele sinds, die ihrer eindringlich bedürfen zum Segen und geistigen Wohl. Ich kann dich nur in Gedanken bestärken, dass alles für alle geschieht in der Einheit des göttlichen Wesens in ihnen. Verbindung tut Not auch im äusseren Sein, das zum Schein wird im Atem der Zeit, der alles will greifbar und fest vor sich haben. Mach es dir zur Pflicht, in wunderbar geschwungnen Graduationen immer mehr vom Geistigen der Welt und von dir selber zu begreifen. Das verändert dein Bewusstsein und markiert dich in den tiefsten Gründen als der König deiner selbst, der sich unabhängig weiss von allen weltenbürgerlichen Sanktionen und Behinderungen. Urständ feiert das Unsterbliche in dir und deinem Wesen, womit du eingehst in das Reich der Seinsverständigen und Kapitalen einer Zukunft der Alleinheit, gottgesegnet, feingefühlt und liebevoll in Mir.

5.17
Auf den Spuren reinen Glückes wandelst du, sowie du dich erkannt hast als in Mich gemuldet und gefügt. Es glänzen dir die Sterne lieblicher und klargesichtiger im Zustand der Erhabenheit über alle Erdensorgen und Kalamitäten. Du fühlst dich so unendlich frei wie nie zuvor und badest dich im Wohllaut deines eignen Wesens. Gott ist mir nah, denkst du und weisst, dass sein alles überstrahlendes und liebevolles Antlitz leuchtet über dir. Es macht dich warm und selig, seiner Güte Grundgehalt und Redlichkeit, Offenheit und Vollwert zu erfahren.

Was dir gewährt ist, währt auch für das Heer der gläubigen Verehrer deiner Wunderkräfte und natürlichen Begabungen.

Was du dir selber sein kannst, wird von Meiner hochdotierten Seite angetrieben und auf was du dich zuallererst und bis zuletzt verlassen kannst, ist Mein Kaleidoskop der Wohlbekömmlichkeiten ausgesandt in alle Welt und eingeholt von denen, die ihr Soll im Seinsvertrauen wie in Meiner Weltendiktion aufs Innigste begriffen haben.

5.18
Ich wandre durch Mein Sein und wundre Mich, wie wenige doch Meinen Ruf zur Güte, Reinheit, Solidarität und Redlichkeit zutiefst begriffen haben. Dabei sind das die tonangebenden Begriffe, die jeder Mensch mit heiligem Eifer immerzu beachten sollte. Was nützen ihm die trefflichsten Erfolge und die beste Reputation die man sich verschaffen kann, wenn darob der eigentliche Zweck des Lebens schmählich hintergangen und verfehlt wird nämlich: Mich, den besten Freund und Menschenbruder im Unendlichen zu suchen und sich ihm mit Haut und Haar zu weihen Tag für Tag. Es mag nicht schlecht sein, was so viele jahrlang für sich treiben, doch um zu Mir zu kommen braucht es eben noch viel mehr. Es gilt, die raffinierten Geisteskräfte, die dich stets behindern wollen, durch Nichtbeachtung zu besiegen. Sie lähmen deinen Willen, korrumpieren die Gefühle und schleichen sich ins Denken ein, um darin Ängste, Unwahrheiten, Eitelkeit und Selbstbezogenheit zu etablieren.

Nur in dem der alles ist lässt sich der wahre Fortschritt pflegen und das Glück erleben der Besinnung auf die höchsten Werte die da sind: Seinsvertrauen, Gott- und Menschenliebe, unerschöpflicher Elan zum Guten. Damit wird die Heiterkeit Elysiens errungen zusammen mit dem Siegespreis der Evolutionen. Realisiere dich in Mir, ruf Ich dir innig zu und sei, voll Mut und Kraft und

Unerbittlichkeit für immer dem Unendlichen verschworen.

5.19

Gang und Gäbe ist es für die vielen einfach darauf los zu leben, ohne zu bedenken, welche Kräfte hinter den Ereignissen der Welt und ihren Provokationen stehn. Das soll gerade für dich anders werden, indem Ich dir die Frage stelle: „Weisst du überhaupt, woher dir die Gedanken kommen, die dich unentwegt beschäftigen und dich in deiner Bilderwelt von einem Ort zum anderen jagen? Das sind quicklebendige Wesen, die dich rings umgeben um das anzustossen, was du selber denkst und tust. Die Einen wollen dich mit Vehemenz zum Guten, andere zum Miserablen dirigieren. Du aber musst für dich entscheiden, welchen Weg du gehen und welche Taten du vollbringen willst. Ständig kommt es vor, dass du zwar Gutes möchtest währenddem dich trotzige Gedankenkräfte, die es anders wollen als du willst, verführen. Hast du die schlimme Tat begangen, werfen sie dir diese sogleich vor, um dich zu beschämen oder gar zu necken, dass du wieder fällig warst.

Wohlgefällig aber kannst du nur in Mir und Meiner Hemisphäre sein. Ich schenke dir das Licht des klaren Unterscheidens zusammen mit der Kraft, das Überragende und Gottgefällige mit Anmut zu vollbringen. Du freust dich dann, dass du gesiegt hast, doch du sollst auch danken lernen für die Hilfe in der Not, die Ich dir frei heraus gewährte. Im Grund genommen geht es nur mit innigem Vertrauen auf Mein Wort, das Ich dir in die Seele spreche und das dich zum erhabnen Gottgefälligen führt. Ich bitte dich, dir das zu merken und in den Zweifeln vor dem Augen-Blick zu halten, damit du standhaft bleiben kannst in dem was du willst und beileibe nicht die andern.

5.20

Überall sind Lichter aufgesteckt von Mir, die dich zum Guten und Gewissenhaften führen sollen, was ich dir unbedingt zur Kenntnis bringen will, weil sie dein Sein betreffen und dich aus der Niedertracht der Illusionen retten sollen, in die zu fallen dir gefiel. Die erste Leuchte bringt dir zum Gewissen, dass du Bist und dass folglich deinem eigentlichen Wesen die Unsterblichkeit beschieden ist. Daraus erspriesst das Zweite, dass Unsterbliches nur in der Geistform existieren kann. Du ahnst das Dritte, dass über Zeit und Raum erhaben ist, was du dir Bist in deiner überirdischen Allüre, deren göttliches Arom Ich dir hiermit zu schmecken gebe.

Nach dem was droben ist zu trachten heisst dich aufzuraffen, um nach dem schicksalhaften Status quo den Cantus Firmus der Gottseligkeit und Wonne der Verklärten zu erreichen, der deinem Universensein gebührt.

Indem Ich dich das Allerhöchste und Gediegenste erhoffen lasse, trage Ich dir den Beginn der Wandlung des Bewusstseins ins Allewige an, das deine Heimat ist und deines wahren Seins entzückendes Revier.

Wende dich zu Mir heisst: Abkehr von der Sicht auf deine Nöte und Vertrauen auf das Sagenhafte, das Ich Bin in dir in kosmisch angelegter Reputation. Du schweigst in Ehrfurcht vor dem Unaussprechlichen, das dich beseelt, derweil Ich dich geziemend mit dem Gotteswort bedenke, und verseh.

Eine See von strahlender Beglückung reiche Ich von Mir zu dir hinüber mit der Bitte, dich darin zu baden und damit dein Wesen mit den Attributen des Elysiums zu verbrämen. Von der Geistes-

Gegenwart umhüllt vermagst du, dich gedankenfreudig ins Unendliche zu erheben, um damit dein Ursoll aufs Vortrefflichste und Radikalste zu erfüllen. Deine Züge haben sich den Meinen vollends anzugleichen die es dir schlussends gestatten, in die Herrlichkeit des Herren einzugehn und seine liebevolle Überlegenheit zu kosten, freien Sinns und nie verebbenden Vertrauens in des Seins Ranküne, Redlichkeit, Verbindlichkeit und Einigkeit im Wunderbaren.

5.21
Zähneklappernd stehst du vor der Geistestür und bettelst um den Einlass in die höheren Regionen. Doch kann er dir erst dann gewährt und aufgeschlossen werden, wenn du platzreif und solvent geworden bist in deinem hochgezüchtetn Benehmen. Es muss zu deinem Sachverstand das Element des eingeströmten Wissens aus den Geistesreichen kommen das dich befähigt dich in ihnen anstandslos zurechtzufinden. Es sind die Gassen reiner Logik, durch die du dich mit absoluter Sicherheit bewegst. Das muss geübt und ausgestanden werden täglich, stündlich im brillanter werdenden Erkennen dessen was da ist, in dem die Wesen alle sind und an dem sie ohne jedes Wenn und Aber immerwährend ihren Anteil haben.

Es sind die Sphären der Unendlichkeit die dich und alles genialerweis erzeugen und die nach bestem Können und Gewissen alles dirigieren. Für dich geht es jedoch darum, dass dir die Hintergründe der Erscheinungen des Lebens hell bewusst und koscher werden. Das Ewige an sich soll dich im Innersten berühren und dir wesenhafte Sicherheit und Überlegenheit, Geisteswohlfahrt und subtile Heiterkeit verleihen.

5.22

Was es dich auch immer koste, du bist dazu berufen mehr aus dir zu machen als du vordem warst. Mit diesem Wort verfolge Ich dich über Generationen und Verkörperungen und fordere dich dazu auf, es deinem Resümee von allen guten Taten feierlich hinzuzufügen. Was Mich betrifft ist es ein Leichtes, Myriaden in die Tat gesetzte Tugenden und Prädikate vorzuweisen. Du ahnst wo Ich hinaus will, wenn Ich leichthin sage: Hänge dich Mir an und mach dir's leicht - und schwer, indem du Meiner Führung dich vertraust und allerbesten Willens das verrichtest, was Ich will im täglichen Gedankenströmen.

Nur in Mir ist all das Kuriose zu erklären, das im Zeitenlauf geschieht und das zu überwachen und zu lenken Ich Mich alleweil verpflichtet fühle. Das geschieht, weil Ich mit allem was da ist zutiefst verbunden bin, sodass Ich es De facto wach und tüchtig, wehrhaft, knusperig und liebenswert erhalte.

Machst du mit, hab Ich dir ein berührendes Geheimnis zu eröffnen in Bezug auf deine Herkunft, deinen Lebensstil und dein Entschwinden in weiss was für Höhen oder Tiefen zu einem neu von Mir gefassten Domizil. Ich offenbare dir hiermit, mit aller Deutlichkeit, dass du Mich selbst Bist in der Aufeinanderfolge deiner himmelschreienden Affären wie der wohlbedachten Lauterkeit und Redlichkeit zu der du fähig bist in Mir. Das aber bringt dich nah und näher zu der gottgewollten Innigkeit des Herzensfriedens und der Sorgenlosigkeit in allen weltlichen Belangen wie in jenen des erhabenen Glückseligseins im Himmel der Gerechten und dem Universengott Geweihten, gar nicht weit von hier.

5.23

Hut ab vor allem, was du in der Sicht auf Meine Allpräsenz mit wachem Sinn verrichtest und in allerbeste Bahnen lenkst von Mir. Nicht nur dein Verständnis ist auf's Schicklichste zu loben, sondern deine ganze Haltung, Meinem Wertsystem und Meiner schöpferischen Leistung gegenüber. In dieser Hinsicht kann Ich in die absolute Fülle greifen, die Mir eigen und die zu verwalten und gestalten eine reine Freude ist im gütestrahlenden Allhier. Keine Frage nun für Mich dies Entzückende und Exquisite einer Menschheit mitzuteilen die Ich Mir liebevoll dazu erschuf. Verschwenderisch und ohne jegliches Bedenken vollziehe Ich im Aufwall von Äonenschritten was Ich Mir als Wallstatt für ihr Dasein ausgedacht. Ich fügte Kosmisches zum minikrim Planetenhaften als Basis für das Wesen Meiner Ebenbildlichkeit auf dem bewundernswerten Erdplateau. Evolutionenmächtig wuchs die Menschheit unter Meiner schützenden Gewähr heran, solange bis Ich ihr des Freiseins Attitüde schenken konnte nach dem Motto: Geh in dich und schaue Mich dort an, um dich an Meiner Gegenwart herzinnig zu begeistern.

5.24

Bis zur Mannbarkeit will Ich dich liebevoll begleiten, um dich aus dem Bereich der Kindlichkeit, Verführbarkeit und Eigenwilligkeit hinauszuführen. Wohin denn nur? In eine Attitüde makellosen Freiseins gegenüber allen noch so penetranten Daseinssituationen. Zwar kümmerst du dich intensiv um sie, doch weisst du haargenau, dass sie dich weder aus der Fassung bringen, noch dir gründlich schaden können an dem Glück auf was du Bist im Ewigkeitsgeschehn. Wie ein roter

Teppich ist die Himmelsroute vor dich hingelegt, du brauchst sie nur mit vollem Einsatz und bewundernswerter Tapferkeit und Lebensliebe zu beschreiten.

In dir wird wahr, was Ich seit vielen Seinsepochen Schritt um Schritt geplant und vorgegeben habe: Das allmähliche Erwachen aus dem träumerischem Wohlgefühl in Meines Geistes Schoss zur lichten Klarheit des Bewusstseins in der Geistgeburt, die sich gerade jetzt an dir und vielen avancierten Zeitgenossen spielerisch vollzieht.

Du erntest was du nie gesät: Ein unbeschreibliches Gefühl des Selbstwerts und der Seinsgewissheit, die dich über alle Kleinlichkeiten und Querelen, Nörgeleien und Gebietsverluste hocherhaben machen nach der Art der Senatoren, die nur Kapitales intus haben. Du schweigst, derweil die Masse der Geknechteten und Unzufriedenen in wütende Triaden ausbricht, um sich Luft und Hoffnung auf Verbesserung der Lage zu verschaffen, derweil du in dir selber besser, wacher und beständiger geworden bist.

Es geht darum den Link zu finden, der das Links und Rechts, das Oben, Unten wie das wild Flottierende zu einer Mitte stilisiert, die in sich selber ruht und ist, voll Wonne und Glückseligkeit, Erfülltheit und Vollendung durch das reine Sein dahingetragen.

5.25

Unbedingtes Schweigen ist zu lernen in der Kunst des steten Wallens und Gefallens zu Mir hin. Willst du rein und lauter sein, setz dich täglich vor Mir nieder und bewege dich für eine gute Zeit nicht mehr. Was dein Denken angeht, lass es fahren und bemühe dich inständig darum, einfach da zu sein um dein Bemühen Meinem vollumfänglich anzugleichen. Deine Öffnung gegenüber Mir bewirkt, dass Ich voll Güte in dein Wesen strömen kann als in Meines Daseins seelenvolles Gegenüber. Die Meditierenden in Welt und All erscheinen vor Mir wie verheissungsvolle Geistesfeuer in der Weltennacht, sie liebevoll und heiter zu erhellen. Das verleiht dem köstlich Ganzen das Ich Bin ein wunderbar beseeltes Resümee, an dem die Schauenden und Mir Vertrauenden den Wohllaut reiner Herzensfreude finden. Schaust du fragend zu Mir auf, so kann Ich dir herzinnigen Bescheid zur Lösung aller deiner festgefahrnen Angelegenheiten offerieren. Mein Weisesein genügt für die Befriedung aller Herzenswünsche im Allhier und bietet lächelnd die Gewähr für Ausgewogenheit, Natürlichkeit und feinfibrierendes Gefühl für Solidarität im Seins- und Sinngestalten. Du bist auf's Innigste in diese Kapillare der Gerechtigkeit und Lebensliebe einbezogen und darfst gewiss sein, dass dir nur das Allerfreundlichste geschieht im Wachraum deines täglichen Erlebens. Du Bist und kannst es es nimmer leugnen vor dem Majestätischen das dich darob beseelt, wie vor dem Antlitz des Allmächtigen, das ewig leuchtet über dir und deinen Geisteskindern, die dein Sein und Wirken frohgemut in eine wonnevolle Zukunft führen.

Im Kontex wohlbekömmlicher Gespräche

6.1

Dessertfreuden gibt es auch bei Mir, doch sind diese geistiger Natur und verbreiten ihren Duft im Kontext wohlbekömmlicher Gespräche über dies und das. Sprichst du, so soll der Inhalt deiner Rede sinnvoll, überlegt und interessant sein für jene, die sie hören müssen. Banales lass beiseite, stattdessen schweige lieber, wenn dir nichts einfällt um die Tafelrunde zu beleben.

Es ist keine Kunst, mit vielen Worten nichts zu sagen, doch anspruchsvoll mit wenigem Markantes das von Herzen kommt und für den Angesprochenen verständlich ist in seinem Milieu.

Womöglich ist es zu vermeiden das Schreckliche das in der Welt geschah zu rapportieren. Das Positive soll bei weitem überwiegen, wenn du schon einen Beitrag leisten willst zum angemessenen Gespräch.

Was glaubst du, was in Meiner Hemisphäre so verhandelt wird am Tisch der Seinsvernünftigen und überragenden Gebieter ihrer selbst und Herrscher über grandiose Geistgebiete im Allhier. Sie enthalten sich der Lust, über Sachliches zu reden, sind jedoch gern bereit, mit Witz, Genie und leichtem Sinn Heiterkeit und Lebensfreude zu verbreiten. Was das allgemeine Wohl betrifft, kommt hier zur Sprache und zwar mit dem Bewusstsein der All-Einheit, die alle Wesen unter sich verbindet und der Gerechtigkeit und Güte Vorschub leistet in des Götterdenkens philanthropischen Gefühlen.

6.2

Wer loslässt hat schon viel gewonnen auf der Fahrt in Meine Gründe und Begründungen von dem was *ist* und was die Gottgelehrten dazu sagen. Mach es dir nicht leicht um das Wissen über dich und deine

Herkunft ständig zu vermehren. Das gibt dir Halt im Ungewissen und verändert das Gefühl über deine Situation im Sein und Leben. Dabei ist der Clou, dass du selbst bei markanten Schicksalsschlägen fest auf deinem Posten stehst und dich mit Dem verbunden fühlst, von dem du ausgegangen und zu dessen Universenfülle du in jedem Falle wiederkehrst im Glanz unendlichen Vertrauens.

Noch immer ist die genuine Seinsbeziehung mit dem Allerhöchsten, das berühmte Mass der Dinge, das dir Vorteil über Vorteil rundherum gewährt. Über alles bist du dir im Klaren was geschieht und weshalb es sich zum Segen oder Fluch gestaltet in der Zeitenlust der nie verebbenden Manöver. Geh nun hin und tue, was dir von Mir einfällt unbedingt zu tun, damit dich dein Gewissen nicht mit Wendungen belastet von Versagen und Malheur. Ich ritze deine Haut, wenn du nicht spurst und gerbe sie, wenn du auf einen falschen Pfad geraten bist in deinem stockbetrunknen Johlen. Nüchtern will Ich dich belehren und dir Ehre und Verdienst erweisen noch und noch, wenn du nur einsiehst, welche Seligkeit dir das Gehorchen bringt im Sinn des Lauschens auf die innere Gestimmtheit Mir und Meinem Universensein entgegen.

Immer wenn wenn du meintest, ohne Mich und Meinem Duktus auszukommen, raffte sich ein Wolkenmeer über deinem Haupt zusammen und bedrohte dich mit Seelenfinsternissen und reellen Interventionen auf der Daseinsebene von Mal zu Mal. Das animiert dich dazu, dich vehement zu wehren, jedoch erst die Wiederkehr des Seinsvertrauens brachte dir den Sieg. So wird es auch in Zukunft sein und immer besser werden in Bezug auf die gottselige Liaison in die du wissend, wollend und gefühlvoll eingetreten. Das wird dir endlich, schliesslich und salut die vollendete

Vermählung mit dem Sein bescheren, das Ich in dir Bin und das dich zur Erkenntnis führt, dass du selbander mit Mir ausgestattet bist mit den feinsten Referenzen die da sind: Gottseligkeit, Vergnügtheit, Unbescholtenheit und reine Lust am Dasein in der unabänderlichen Wucht und Wachheit der Äonen.

6.3
Drücke da und drücke dort und immer wirst du Widerstand in dem was Ich dir in der Welt Bin finden. Das ist eben Meine Art, Mich bemerkbar und solvent zu machen, ohne deren Dasein kaum Verständigung und inniges Begreifen möglich wäre. Sich am Widerstand zu messen ist im Allgemeinen nützlich und beliebt und stellt kein Novum dar in der Geschichtlichkeit der Evolutionen.

Was beliebt wird auch genossen. Der Genuss tendiert zum Übermass und muss aus diesem Grunde kontrolliert und von dir regelrecht im Schach gehalten werden. Gar viele gehn an dem zugrunde, was sie besser unterlassen hätten, und der Grund dafür ist, dass sie ob dem glänzenden Erfolg, den ihr geschicktes Handeln zeitigt, jedes Mass verlieren und damit auch Mich, den Hochbegabten in der Kunst des wohlerwognen Regulierens.

Der Morgen dämmert und mit ihm solls auch in deinem Geiste dämmern von der Vielfalt Meiner Züge, die anstandslos und recht famos bis ins Unendliche verwehn. In ihnen offenbart sich weder Mass noch Ziel, derweil sie absichtslos und zügellos ihr Sein im All verschweben. Nach all dem was du in der Enge und Beschränktheit an dir selbst erfahren, tut es gut zu wissen, dass es im reinen Geiste Ungebundenheit und Makellosigkeit, Einheit und Genie in Überfülle gibt, du brauchst von ihnen nur im Göttersinn vertrauensvoll zu zehren.

6.4

Anstandslos durchs tägliche Gestrüpp zu pirschen ist eine Kunst, die dir nur dann gelingt, wenn du schön brav an Meiner Seite durch die Lebenszeiten fürbass gehst. Du lernst dabei dich richtig zu benehmen in Situationen, die beträchtliche Ressourcen an lebendigem Wissen, Intelligenz und Unabhängigkeit erfordern. Gerade diese aber werden dir von Meiner Seite aus gewährt indem Ich die Erinnerungskraft in deinem Dasein etabliert und wachgehalten habe. Selbst die geringsten Dinge deines Daseins sind mit dem verbunden was Ich Bin und über was Ich unbeschränkt verfüge. Du kannst von Mir zumeist nur nehmen, doch dann bist du auch aufs Klarste dazu aufgefordert, dich an alle, die da dürftig sind, uneigennützig zu vergeben. Das fördert den Gemeinschaftssinn und hebt dich auf die Stufe derer, die von Meiner Weisheit, Wissenschaft, Freigebichkeit und Herzensgüte viel verstanden haben.

Ich habe dich dazu erwählt, in Meinem Sinn und Geiste furchtlos aufzutreten, weil du dich Meiner steten Hilfe sicher bist in allen Schwierigkeiten deines Lebensstils. Es kann dir mehr als recht sein in der dräuendsten Gefahr einen Vetter an der Hand zu haben der das All regiert und seine Züge besser kennt als jeder noch so aufgeblasne Gecke in der irdischen Montur.

Ich liebe es, die Leute an der schwächsten Stelle anzustacheln, damit sie artig werden in der Kunst Erfahrungen zu sammeln und diese allesamt aus Meinem Reichtum und Genie herauszuholen. Nur durch Mich Bist du ein Etwas und durch Meine Hand geschieht dir, was du hast und was du sollst in Meinem streng geheimen Liebesgarten. Mein ist die Kraft und dein die Liebe die Ich dir verströme. Akzeptiere sie und sei der vielbewunderte Erfüller

Meiner göttlichen Doktrin, sowie der Strahlende aus innerer Berufung in des Lebens Wunderwerk Heraldik, Köstlichkeit und tatendrängendem Profil.

6.5
Für das Frühstück zwanzig Dukaten, Ei und Schinken, weich gesotten und gepfeffert setzt dir der Teufel vor, damit du schön brav auf seinen Schienen dich bewegst, statt zu Tags Beginn Einkehr bei Mir und Besinnung göttlicher Natur zu halten. Die Gegensätze sind frappant durch welche die weltoffenen Gemüter schwadronieren und sich mit grandioser Selbstverständlichkeit und Wohllust durch ihr Lebensreich bugsieren. Die Meisten sind so tief mit der profanen Wirklichkeit verbunden, dass sie die andre, Meine, darob für ein Leben lang beiseite lassen. Ernstere sind zwar beständig auf dem Weg zu Mir doch nur ganz wenige, von Meiner Kraft Beseelte, haben Mich auch wahrgenommen und sind eingetreten in das Reich der göttlichen Prinzipien, wie der elysischen Gefühle, denen an Vollendung und Erhabenheit, Bewusstheit, Redlichkeit und Himmelsgrazie nichts beizufügen ist.

Jedem Erdenbürger steht es frei und ganz besonders dir, sich aus dem Tschungel der Verstrickungen hinaus in Meine lichten Höhen zu bewegen. Wenn du nur willst, so ist dir auch zu helfen durch Ereignisse, die dich vorerst bis an die Grenze des Normalen irdischen Befindens führen. Dann ist ein vehementer Ruck, gar oft ein Schicksalsschlag, vonnöten, um dir die Augen für ein anderes zu öffnen, das da wirkt und alles Weltliche mit grosser Sorgfalt überwaltet, um es vom Geiste her zur strahlenden Vollendung und Gottseligkeit zu führen.

6.6

Das Ernste ist wie Feuer vom Wasser von dem getrennt, was im Vergnügen flackert und aus Schall und Rauch ins Nichts vergeht. Du hast zwar viele Leben, doch ein jedes ist entscheidend für dein Reüssieren oder gar Stagnieren auf der kapital gesetzten Daseinsbahn. Hinkst du hintennach, so gehen dir gewisse Werte ein für alle mal verloren und der Bewusstseinsraum wird knapper statt geräumiger, in dem du dich bewegst. Bei allem was Ich für dich tun kann gibt es eben jene Grenzen, welche du dir selber setzest in der Freiheit deines dich für dieses oder jenes vorteil- oder frevelhaft Entscheidens.

Nicht für alle bleibt der Geisteshimmel licht und blau. Vielen steht es an, ihn zu betrügen und dann gewahren sie, was wirklich ist, allwie durch einen Nebel, der ihr Urteil fälscht und daraus ihr Gehaben. Wieso hat Jesus Christus wohl erwähnt: In Meines Vaters Haus sind viele Wohnungen? Genau aus diesem Grunde und gerade du bist es, der sich die seine selbst erwählt.

Das ist die Seinsgerechtigkeit, die Ich so oft erwähne und ob der so viele Himmel radikal zusammenstürzen, derweil andere im schönsten Strahlenlicht erblühn. Du hast es in der Hand, das Eine oder Andere vor dir zu sehn und das hängt vom Vertrauen ab, das du zu Meiner Hoheit hegst.

Erkenne doch, wie unbedingt und überwältigend Ich selber Mir vertraue und versäume nicht, denselben Weg für dich und deine künftige Befindlichkeit zu wählen. Du rettest dich zu Mir hinüber dort wo du gewahrst was für wundervolle Brücken Ich dir baute, um den Abgrund zwischen dir und Mir zu überwinden. Mein liebevoller Lockruf zieht dich Mir entgegen, doch zu Mir kommen musst du selber in der Freiheit deines Über-Dich-Verfügens.

Deine Herzensdinge sind solange von den Meinen strikt verschieden, bis du einsiehst, welchen Vorteil es dir bringt, dich Mir entschieden anzuschliessen und daraus enormes Heil und wunderbare Heiterkeit des Herzens und Gemüts zu generieren. Du überschaust, was du dir sein kannst und was du dir Bist und gehst darauf voll Energie und Mündigkeit dem reinen Sein entgegen. Dort aber herrscht der Wohllaut, veritabler Unbekümmertheit an deinem Universensein und Leben, deinem Nach-Unendlichem-Streben wie nach dem Einssein mit der gütestrahlenden Allherrlichkeit in der Ich ewig Bin und wese.

6.7
Wer nie geknatscht hat mag getrost das erste Schmähwort auf den Schuldigen ersinnen. Ein ernstes Christuswort an dich und deine Brüder: anstelle selbstgefälliger Kritik den Finger auf die eigne Unvernunft zu legen. Das verhindert manche Übertreibung und schafft Wohlgesinntheit zwischen den Gemütern. Du bist nicht dazu da um Fehlerhaftes aufzudecken sondern um das Treffliche zu loben und mit genuinen Lösungen dem Ganzen einen Freudesdienst und Durchbruch zu erweisen.

Lästermäuler sind wie Schlangen die gegen ihre Opfer züngeln, derweil sie heillos durch den eignen Unrat kriechen. Wie sollst du diese mit dem Wort der Menschlichkeit und Gottgefälligkeit belehren? Allein durch Liebe, Treue zu dir selbst und auserlesenes Benehmen änderst du, was dir zu bessern aufgegeben.

Linientreu und furchtlos reihst du dich in die Gemeinde derer ein, die mehr bei Mir als auf dem

Erdenplan zu suchen haben. Du gewinnst an Höh' indem du dich um deine eignen Tiefen kümmerst und die Erkenntnis deiner selbst nach Mass und Zahl beförderst, ohne nach dem Wert der anderen zu schielen. Aufbau, gnadenvoller Auftritt und Regievermögen seien die verehrenswerten Attribute deiner Ichheit, die zu Verständigung, Glückseligkeit und Seinsbewusstheit in Mir führen.

6.8
Es ist gar blitzend ein Geschenk der überirdischen Gerechtigkeit in dich gefahren, derweil du dich dem Schlummer hingegeben hast in langen, vollen Zügen. Was dir enorm Erholung spendet kann nur Ich besagen in der geisteskräftigen Manier, mit der Ich immerzu agiere. Der Schlaf ist zwar für dich ein wohlgelungnes Rätsel, derweil vor Meinem Geistesblick sehr viel an dir geschieht. Die Seele weilt in hohen lichten Sphären die ihr neue Kraft gewähren für den Lebenstag. Von Mir behütet darf sie sich verbunden mit dem All der Welten fühlen. Mir ist geweiht, was sie den Tag hindurch erlebte und Meinem Urteil anvertraut, was weiter sein soll mit ihr geisterwogen.

Was die erste Helle überdeckt, ist das subtile Rauschen Meiner Gegenwart im Grunde deines Wesens. Du kannst seiner nur im absoluten Stillesein und Dich-Mir-Weihen recht gewahren. Das verleiht der Seele Ruhe, göttliche Barmherzigkeit sowie den Willen, zielbewusst und heiter, gütig und gerecht, manierlich und erhaben ans Tagewerk zu schreiten.

6.9
So vieles ist verflossen eh du's recht bedacht doch nichts von dem Vergangnen kann zurückgeholt und abgeändert werden. Das Zeitliche ist ein Mysterium,

das im Unendlichen nicht existiert. Ich habe dir's unmissverständlich dargelegt im strahlenden „Ich Bin", als Mein feierlichstes Attribut im Wunderbaren. Nicht betroffen davon ist des Weltendaseins Dauer und Kaprize. Das reine Sein jedoch geniesst sich selbst in dieser unerhört gefälligen Dimension, die schon die Könige mit ihren Harfenspielerinnen, Troubadouren und Romantikern besungen haben.

So vieles was du nicht begreifen kannst ist Mir ein unbestechlicher Begriff, den Ich durch dick und dünn verteidige und für Mich pflege. Dafür steht: Ich Bin die Wahrheit und das Leben -besser noch- das Sein, in dessen Silbenfluss Ich Meinen Hochgesang, den Cantus firmus wie das zärtlichste Verklingen in der azurblauen Himmelsruh gefunden habe.

Die Pflege Meines Seinsgefühls ist das Erhabenste was du dir denken kannst von Mir und Meinen seelenvollen Kapriolen. Das wäre was für dich, statt ohne Rast und Ruhe durch den Tag zu hetzen, liebevoll dein Sein zu pflegen, so wie es schon die Wüstenväter, Anachroneten, Hieronymusse und Kartäuser taten. Auch dir muss es gelingen, mitten in der See von Plagen und Verwüstungen, Querelen und Verwünschungen ein Inselchen der Güte Gottes zu erbauen, wo du deine Herzensruhe, die Erkenntnis deines Seins, sowie das Wonnesein Elysiens findest, im beschaulichen, glückseligen Verweilen.

6.10

Achimedes kapitale Mission war, durch genaues Hinsehn und geduldiges, präzises Überlegen wichtigen Naturgesetzen auf den Sprung zu kommen, die noch heute und für immer ihre fabelhafte Geltung beibehalten haben. So auch du sollst deiner Situation gemäss das was du wahrhaft

Bist, naturgesetzlich und darüber geistgesetzlich zu erfahren und erkennen wissen. Das Erkennen aber schaffst du nur, indem Ich dir durch Intuitionen die Geschichtlichkeit sowie die Herkunft allen Seins und Sinnens, Fliessens und Gerinnens, Illusionen Webens, wie das Wesen Meiner Geistesgegenwart genauestens erkläre.

In Tat und Wahrheit kannst du ohne Mich nicht sein, denn Ich vertrete und verbreite die Bedingungen des Lebens wie des Herzensfriedens, der Wahrhaftigkeit und Solidarität mit allen Weltenwesen die da sind und ihres Daseins Recht und Würde, Sinn und Seligkeit bestreiten.

Auch du bist in den Nimbus Meiner Seinspräsenz gebettet und hast weder Ursach noch Vermögen, ihr in irgendeiner Weise zu entgehn. Dafür ist's ein Zeichen, dass du Bist und ohne jedes Wenn und Aber durch Äonen existierst im Zeitenlosen. Mache dir kein Bild von dem, was ist, doch sei und habe damit Anteil an dem was Ich Bin in Universenweiten wie in dir zu deinem seinsglückseligen und nie verebbenden Dir-und-der-Welt-Genügen.

6.11

Was liegt brach, solang du nicht die Gnade hast, in dir nach dem Urewigen, das du dir Bist, zu forschen, solange bis du Mich gefunden hast in deinen silberhellen Expeditionen. Ende gut alles gut, ist auch hier zu resümieren, denn am Ziel sind die Strapazen und Behinderungen bald vergessen, die zum Triumph und zur Vollendung beigetragen haben.

Auf jeden Fall kannst du gewiss sein, dass Ich in jedem deiner Leben mit dir rechne und dich dazu animiere, alles was dich Mir enthält in Bausch und Bogen zu verdammen, damit du als Geläuterter und

Reingewordner einziehst in Mein Reich und Mein verehrenswertes Wohlbehagen.

Diese Läuterung ist hier und jetzt im Gange und sie öffnet deinen Sinn für geistige Belange, die Ich dir laufend und mit bester Absicht vor die offnen Augen lege. Du brauchst nur wach und aufmerksam durch jeden Lebenstag zu schreiten, um zu empfinden, wie viele positive und erbauliche Impulse dich vom Einen zu dem Anderen beständig höhwärts führen. Die sind allesamt von Mir und Meinen engellichten Dienern zu dir ausgegeben und sollen das bewirken, was dem Ganzen nottut, ganz besonders aber dir in deinen Sprüngen und Begeisterungen, Allegorien und Verschachtelungen, die schlussendlich doch zu deinem königlichen Herzensfrieden wie zur Wonne des Elysium führen.

6.12

Schon immer war es Mein herzinniges Bestreben dich von der Wahrheit, Reinheit und Beseeltheit Meiner Gottesgaben felsenfest zu überzeugen, denn es ist nicht einerlei, ob du weisst woher sie stammen oder ob dir dies egal ist in deinem arroganten Selbstgefühl. Dass dein Leben, deines Leibes Blüte, wie dein fabelhafter Sachverstand allesamt Geschenke allerfeinster Art und Weise sind, wirst du wohl nicht leugnen wollen. Trotzdem hast du Mühe, dir die schöpferischen Kräfte vorzustellen, die hinter allem Dasein stehn und es mit aller Kraft und vollem Engagement gar liebevoll betreiben.

Wann endlich lässest du dich überzeugen, von dem was Ich dir Bin in der unendlich graziösen Seinsgebärde sowie in der bewundernwerten Anmut die Ich in sie lege.

So sehr Bin Ich dir zugewandt und damit auch mit dir verwandt, dass deines Wesens Attribute und ureigensten Gepflogenheiten nahtlos in die Meinen übergehn, so dass nur noch ein Wesen von vollendeter Bewusstheit, Tatenfreudigkeit, Unsterblichkeit und Lichtheit vor der Welt besteht.

Dies Wesen ist die Geiststruktur, die alles was da ist, aufs Köstlichste belebt, durchrieselt, formt und figuriert bis in die letzten Seinsverästelungen die ihm eigen. Deine Antwort auf so viel erhabenes Empfinden soll der Ausdruck vehementer Dankbarkeit und Liebe sein, die du dem Unendlichen entgegen bringst in deinen allerbesten Tagen.

6.13
Erbarme dich am Sein, muss Ich dir immer wieder voll Vertrauen ins Gemüte sagen, denn deine Lebenssituation hängt wie an einem Seidenfaden diesem Ausspruch an, der will dich zu den Auserwählten von des Herren Grazie führen. Gar vielen läuft die Zeit mit ihren radikalen Forderungen und Verschlüssen, Mainstreams und Rochaden schlicht davon und sie wissen gegenüber allem Druck und Sog sich kaum mehr wie zu wehren. Bei diesen gehe Ich in Stellung mit besonderer Sorgfalt, um sie sacht und sinnvoll von dem abzubringen, was sie täglich weiter in die Irre führt, denn im Grund genommen sind sie nicht mehr fähig, sich zu helfen in der aufgebrochenen Lebensnot.

Da erbarme Ich Mich ihren Nöten und verfasse eine Denkschrift, deren Studium sie in den Stand versetzt, sich effektiv zu wehren und dem Mangel Fülle wie der Unbill Glück und Gottessegen zu verpassen.

Bei diesem überragenden Prozedere sind zudem Meine Geisteskräfte pausenlos am Werk der guten Hoffnung auf Erfolg in ihrem Alles-Hinterfragen.

In Bezug auf was das Sein betrifft ist nicht zu spassen, denn was ist ein Leben ohne Rückhalt und ein Dasein ohne Hoffnung auf Veränderung zum Besseren und wahrhaft Guten in der Wirkkraft Meiner fulminanten Geisteszüge?

6.14
Wer ermahnt sich heute noch, ein Leben der vollendeten Gestimmtheit auf die Gotteswürde hin zu führen die Ich im Universensein und Wesen Bin. Dabei kann Mich dein Herzenswunsch dazu bewegen, dir Tür und Tor zu öffnen für den Eintritt in die edle Schule der Besinnung auf die Gründe deines Wesens, das so empfindsam, rätselhaft und innig vor dir liegt. Du lernst, dich ständig so gewissenhaft und edel zu benehmen wie's die Väter und die Mütter der vollendeten Beschauung bestens taten. Dazu brauchst du dich nicht von dem sozialen Menschensein zu distanzieren. Ganz gewöhnlich lebst du und vollziehst dabei das Ausserordentliche, das dich zur Vereinigung mit Mir und zur bewundernswerten Weltdurchdringung führt.

6.15
Pausenlos bescheine Ich dich mit der Sonne Meiner Menschenliebe und verseh dich mit den Kräften neuen Muts fürs Leben und Gedeihen in den Sphären überirdischer Gerechtigkeit und Weisheit, Menschenliebe und gottseliger Vernunft. Das ist wohl mehr, als du gerade fassen kannst in deinem jetzigen, bedauernswerten Geist-Juhee. Doch wirst du bald von Mir erfahren wie die Dinge Meiner Grossmanier mit deinen regelrecht zusammenhängen und in der innigen Verknüpfung unbedingt ein allumfassend Ganzes bilden.

Der Gottesgeist weht wo er will vornehmlich dort, wo er von Nichts behindert wird in seinem Sich-ins-All-Verfluten. Dort ist es ihm ein leichtes neue Kolonien seiner Sonnenbildekraft zu generieren mit den dazugehörigen Planeten, Monden und verfestigten Gedankensplittern. Eine Wohltat ohnegleichen ist es Mir, über jede Menge Raum für Meine abervifen Pläne zu verfügen. Auch du bist einbezogen in Mein kosmisches Bedeuten und Gefühl. Du wirst das wissen sogleich nach dem seligmachenden Erkennen deiner Seinsstruktur in Universenweiten, deren Mittelpunkt du Bist in deinem Körpermolekül. Mensch im Kosmos, eine wunderbarerweis in eins verbundnde Grösse, die im Taumel der Glückseligkeit sich selbst erkennt in Meinem expandierenden und sich im All verlierenden unendlich wonnevollen Seinsbegreifen.

6.16
Ich kalkuliere nicht, derweil Ich schaffend und gestaltend Universenräume mit brillantem, lichtem Sterneninhalt in der Kreiselform verseh. In einen von den Myriaden bist auch du en miniature gestellt von dem was Ich Mir Bin in kosmischen Dimensionen. Als Körper- wie als Geistgebilde bist du Mir durchs Band in Sachen Qualität, Lebendigkeit und Schöpferwillen zu vergleichen.

Ich mahne dir die Neigung an, dich als geringer oder grandioser als du eben Bist zu konstatieren. Es sind die Hoffart und die Ängste die dich da verführen wollen, derweil dich Meine Gradheit über alles was du wirklich Bist aufs Trefflichste belehrt. Vor allem kann Ich dich als Gottesfreund und Mime Meiner Herrlichkeit aufs Herzlichste begrüssen. Derweil noch viele Irrungen in dir rumoren, Bin Ich Mir vollends im Klaren welche Sendung und Vollendung

Mir obliegt. Mein kämpferischer Sinn sieht sich dabei zu dem ermächtigt was zu tun ist überall im Geisteswallen wie gerade in der meisterlichen Herzensruh.

Es gilt, das was du schon erreicht hast, innig zu vertiefen und es mit dem was offenbar noch lange nicht genügt voll guten Willens zu ergänzen. So wie Ich dich kenne, bist du noch für lang in wesentlichen Dingen vollends auf Mich angewiesen. Du bist ein Stock verglichen mit dem Fluidum der Güte und Beweglichkeit, Seinsvertrautheit, Sternenfreundlichkeit und Liebenswürdigkeit die Ich Mir Bin mit allem, die Mein Gottesbild aufs Innigste verehren.

6.17
Den Reif des Zweifelns wie der Eigenwilligkeit, der dich ersticken will, musst du mit Meiner Hilfe schleunigst sprengen, damit du Mir mit freier Brust für Meine Güte danken kannst im frohen Jubilieren. Die echte Freiheit kannst du nur mit Meiner Hilfe dir gewinnen. Du erwartest schweigend Meine Diktion und kannst darin mit absoluter Sicherheit auf Mich und Meine liebevolle Geste zählen. Es scheint dir dann als ob die Rollen in dem Lebensspiel neu zugeschnitten und vertauscht geworden wären. Du bist Ich und Ich bin du geworden und auf diese wunderbare Art gelingt es dir, dich selber über höchste Dinge zu belehren. Du beginnst in dir den Status der Allherrlichkeit zu aktivieren und wirst dabei zum Sprachrohr deiner selbst der Ich dich Bin im Maienfeld beglückter Tagesrationen.

Dein Gehorchen wird zum Horchen auf das, was Ich dir an Erkenntnissen ins schauende Gewissen trage. Dabei wird deine Denkkraft minimiert, derweil die Meine ihre volle Blüte, Wirksamkeit und Makellosigkeit entfaltet. Ja, das ist so gut und ist gut so, weil damit ein Vertrautsein ohnegleichen zwischen dir und Mir entsteht, von dem die Bürgen Meiner Huld und Vollkraft freudig zehren dürfen.

Bist du gesandt, so Bin Ichs noch viel mehr, denn was vom Himmel kommt ist immer lauterer und heiler als das Irdische, an welchem stets ein leiser Makel haftet des Noch-nicht-Vollendeten-und-Meisterhaften in des Gottes seinsbedingten Freudentagen.

6.18
Nach dem Gesetz der grossen Zahl verwalte Ich was droben ist und führe es am Gängelband der Hoffnung wieder zur All-Einheit und Allherrlichkeit zusammen. So einfach wie die Rechnung scheint, so schwierig ist sie auszuführen. Denn die getrennten Teile müssen haargenau zusammenpassen um des Ansehns Willen, das dem Wunderwerke zusteht das Ich inszeniere seit Äonen. Dies Zusammenpassen ist moralischer Natur die fordert gegenseitiges Verständnis der Akteure auf der Bühne dieser Welt und trägt zum Selbst-Bewusstsein bei in allen Meinen Gliedern.

Bist du rein, so reihe Ich dich in die Schar der Glieder, welche makellos in Meinem Lichte strahlen müssen. Ihnen ist die Limpidezza der Gemüter eigen und ihr Duktus ist das Lichtbereiten und – verbreiten in der Geistesräume universenweitem lichterlohen Freudensaal.

Du brauchst dich nicht zu zieren, wenn du Mein Reich betrittst, mag es sich noch so weit bis ins Unendliche verbreitet haben. Das ist, weil auch du selber mit Unendlichem bedacht bist in der Grossmanier, die Ich in Meine Schöpfung eingeheimnisst habe.

Es geht nicht an, dass du dich vollends an das Irdische und Hiesige vergibst, denn damit würdest du das was Ich allem von Mir Bin aufs Schändlichste verraten. Es geht Mir immer um der Schöpfung lupenreines Wohlgeraten, dem nichts zu subtrahieren oder beizufügen ist im Sinn der Konzession die Ich dafür eingeschossen habe. Weisst du das von dir, so ist es Mir daran gelegen, dich zuinnerst anzurühren mit der Zärtlichkeit und Zuversicht Elysiens, dessen liebevollen Hauch du dann verspürst und das dich darin als das Eine wunderbar Gediegene, Erhabene und Heitere aufs Freundlichste begrüsst.

6.19

Das Erbauliche ist immer auch vertraulich an Mein Sein gelehnt, an dem Ich dir die Herzensfreude, deinen Frieden und dein wohlerwognes Anrecht zugestanden habe. Es öffnet dir ein neues In-der-Welt-Sein das du vordem nicht erkanntest, weil du viel zu sehr mit deiner Eigensinnigkeit beschäftigt und behaftet warst in deinen trüben Weltenwogenein. Ich aber habe sie mit Meinem Himmelslicht durchstrahlt und dir das Überirdische und Heile in die lautre Sichtbarkeit erhoben. Damit ist dir die Gelegenheit geboten, aufrecht, sicher, selbstbewusst und mitgestaltend vor dich hin zu treten.

Sehr wohl steht es dir an, wenn du nicht nur das Lichte, sondern dessen Spender in dir konstatierst und ihm deine vielbewegende Bewunderung und Referenz erweisest. Zu erkennen, dass Ich da Bin lässt dich dein irdisches sowie wie dein übersinnliches Potential erkennen, das alles was du bisher von dir hieltest um ein Erkleckliches und Vielversprechendes, Befreiendes und Vielgeliebtes überragt. Was du dir Bist ist damit salonfähig, glaubhaft und Mir zugewandt geworden. Es wird von Mir in immer höheren Rängen akzeptiert und aufs Freundlichste in ihnen aufgehoben. Dein Ruhm beginnt sich in der Geistwelt, die Ich würdevoll vertrete, auszubreiten und wird den vielen die dir folgen eine Stätte der Erbauung sein, an der sie sich belehren können, geschmeidig, gläubig und gedankenvoll in Mir.

6.20
Ich habe dich erwählt, und du bist auf dem Wege, dieser Ehrung und tiefinnigen Belehrung mählich stattzugeben. Eine wahre Grosstat ist es, Meinem Willen und Statut gemäss zu handeln und dabei portionenweise auf Mich zuzugehn.
Wohl muss dir aufgefallen sein, dass sich gewisse Dinge deines Lebens anders als gewohnt vollziehn. Neue Türen öffnen sich, derweil altgewohnte dir verschlossen bleiben. Nur, dass du dabei Meine richtungweisenden Gefälligkeiten konstatierst. Auch für dich muss es begeisternd und bewegend sein mit der Gewissheit, einem Gott zu dienen, vor dich hin zu schreiten. Jedoch, wer ist dieser so geheimnisvolle, alles überbietende Gestalter und Beherrscher deiner Angelegenheiten? Du selber, als der Herrscher und Patron in deinem Lebensreiche, das Ich dir zum Lehen liebevoll vergab. Sei auf der Hut, es tadellos in Meinem Sinne zu verwalten, denn es werden noch genug und immer mehr fanatische Verführer dich vom saubern, sichern Wege abzudrängen suchen. Meine Hand jedoch beschützt von Tag zu Tag dein Handeln und bewährt sich täglich immer mehr. Du bist von Mir auf Kurs und Trab gehalten und darfst von Meiner Macht und Herrlichkeit, von Meinem Allbedeuten wie von Meiner Liebenswürdigkeit aufs Wonnevollste profitieren.

6.21

Was ist zu tun, wenn viele üble Geister dich bis auf den Nerv mit ihrer Dreistigkeit befehden? Sie sind Mir untertan und müssen's dir auch werden. Das geschieht durch konsequentes Handeln ganz in Meinem Sinne sowie im Durchschauen der Affären, die die Geister der Durchtriebenheit heraufbeschwören. Sie sind bestrebt, dir die Wachheit des Verstandes zu umnebeln, damit sie dich auf ihren Leim und in die Irre führen können. Da heisst es um so inniger: Wende dich Mir zu und überwinde deine Neigung, dem Minderwertigen, Bequemen nachzugeben. Ich Bin in dir das Wesen des allherrlichen Gesundens an dir selbst sowie an Meiner Gegenwart im Geistraum, den auch du bewohnst, belebst und mit deinem Innenwert vergütest.

Stets trachte Ich danach, dich in der Kunst des Seins gehörig zu belehren und dir zu höherwertigem Begreifen dessen was du Bist voll Güte zu verhelfen. Es führen dich die Wesen reiner Hoffnung himmelan und spenden den ersehnten Frieden deines Herzens, mitten in der Lebensmüh. Bist du der Einigkeit mit Mir verfallen, kann dich nichts mehr stören in der Gottgefälligkeit und Wonne deines Daseins als in Mir und dir und in des Universums ausserordentlich geschliffnen, faszinierenden und seinserhabnen Zügen.

6.22

Wachet, betet und beginnt, in Meinem Wesen aufzutauen und das Allgewaltige, das Ich Mir Bin, als eure Stätte anzunehmen auf der ihr wachsen und gedeihen könnt in wunderbar gesegneten und hochgestimmten Massen. Alles was Ich euch erlaube anstandslos und, von euch selber überzeugt, zu tun, vollbringt in Fülle und vermehrt dabei den Nimbus der Allherrlichkeit, den Ich seit eh und je voll Verve um Mich verbreitet habe. Was Ich in den Welten als Mein Angebind mit Leben, Tatkraft, Seinsbewusstheit und Gottseligkeit verseh, hat weiter nichts, als Meine Weisung zu vollbringen und damit für das zu kämpfen was Ich als erforderlich betrachte um der Welt den Frieden, die Geschwisterschaft der Seinsverständigen sowie das Ja-Wort zum vereinten Wirken in des Gottes Geist und Sinn zu bringen.

Tut nicht so, als ob ihr Mich nicht kenntet, denn etwas, das sich mitten unter euch und gar in euch befindet, könnt ihr nimmer übersehn. Ihr braucht nur eurem Seelenaugenpaar das Blinzeln beizubringen, um die Herrlichkeit zu schauen, die bezaubernd und befruchtend in euch spriesst, um euer Seinsgefühl zu stärken und das Lichte, Hohe und Holdselige hervorzubringen, das euch Not tut immer mehr.

Ich behüte Meine Pappenheimer wie der gute Hirte auf der Weide der Gerechtigkeit am Sein und Leben und erwecke die Getreuen Meiner Huld zu immer höherer Bewusstheit ihrer selbst, ihrer Dignität im Allumfassen wie in ihrer Hochgeburt in Mir. Du kommst, du scheinst zu geh'n und Bist doch immerzu der Seinslebendige und Seinsgesegnete von Meinem Ruf und Namen. Das ist für Mich fair und fein und deiner Stellung angemessen, die da ist: die Sohnschaft wie die Tochterschaft in Meinen Liebesgründen. Spitzet eure Öhrchen und vernehmt den Sang der Äolsharfe, die euch wachruft und dem Ewigen verbündet in des Geistes Reichtum und Revier. So leicht ist alles, wenn es nur getan wird voll Vertrauen, Hingegebenheit und Heiterkeit des Herzens durch den Freudentag, den Ich ihm aus der Fülle Meiner selbst bereitet habe.

Wachet, betet und beschliesst damit den Kreis, den Ich vom Ausgang in die Welt bis zum ersehnten

Tor zu Meinem Himmel vor euch hingelegt und mitgestaltet habe.

6.23

Wie immer du dich anstellst, Ich stelle Mich dir vor als einer der erkannt hat wie die Weltendinge wirklich sich verhalten und wie sie zu gestalten sind, damit du stets in Meiner Liebe und Bewusstheit, Heiligkeit und Grazie leben und gedeihen kannst. Du tust zu wenig um zu Mir zu kommen und hast auch nicht den Schneid, so richtig alles von Mir zu erwarten, was du dir denken kannst in deinen aufgeschlossnen Tagen. Du bleibst klein, weil du nicht gross sein willst und seelenkräftig und loyal Meinem Walten gegenüber.

Seinsgewandtheit, himmelstrebenden Elan und Schafsgeduld wirst du bei Mir erlernen, wenn dein Sinnen sich dazu ermannt, nach Höherem zu streben. Ungeahnte Möglichkeiten bieten sich dir an und laden dich voll Eifer dazu ein, die tauglichsten und vielversprechendsten von diesen für dich auszulesen.

Ich stehe dann mit ganzer Seele hinter dem, was Ich dir frohen Muts entbiete. Deine Vorwärtssprünge sind enorm und die Begeisterung am Sein und Leben nimmt tagtäglich zu, so dass du förmlich fühlst wie dich die Schwingen der Allherrlichkeit zum Allerhöchsten tragen.

In Mir zu sein bedeutet für dich Klarheit des Gewissens über Meine hochsensible Gegenwart in dir, sowie die Freude über eine Zukunft - der unendlichen Befreiung, Unbeschwertheit, Himmelsgrazie und Heiterkeit entgegen. Diesen Faden der Verherrlichung, Erhöhung und bewussten Weihung deines Menschseins ans Unendliche nimmst du begeistert auf und lässt dich von ihm wonnestrahlend ins Elysium entführen.

6.24

Mein Dank für deinen Einsatz wird selbst deine kühnsten Hoffnungen bei weitem überbieten. Du stellst deinen Mann und Ich stelle dir ein Heer von guten Geistern unentgeltlich zur Verfügung, die dir den Sieg und damit das Erringen wunderbarster Geistgebiete garantieren.

6.25

Konjunktur ist immer auch bei Mir zu finden, wenn es darum geht, die Menschen abzurufen von dem vielbegehrten Erdenplan. Für Mich ist es ein Leichtes für jeden einzelnen den Zeitpunkt auszuwählen, der ihm angemessen ist in seiner evolutionenträchtigen Karriere. Sein Leben steht vor Mir als eine Episode in der langgedehnten Seinsgeschichte, deren Mittelpunkt er ist in seinem Über-Sich-Verfügen.

Dabei fällt es dir noch schwer zu akzeptieren, dass Ich im Grund genommen selbander mit dir über dein Erscheinen und Verschwinden auf dem Erdenplan verfüge. Immer geht es darum, in dir wahre Menschlichkeit und Seinsgerechtigkeit, Erhabenheit und Heiterkeit Elysiens zu generieren. Deine Füsschen wandern durch Jahrtausende zum einen, grandiosen Ziel das Vorbild, das Ich in dir Bin, schlussendlich zu erreichen. Das begründet dann die zeitenlos gefestigte Glückseligkeit in deinen Daseinswundern ebenso wie das Gewahren der vorzüglichsten der Geister, die des Universums Fortschritt auf den Punkt gebracht und fürs Unendliche gewappnet, stilisiert und liebevoll und heiter hochgezüchtet haben.

Du kannst zu höherer
Bewusstheit schreiten

7.1

Die eigentlichen Werte sind in Mir versammelt und werden liebevollen Herzens an den Myriadentross der Welten, die da sind dahingegeben. Ein Manifest der Güte und Gelassenheit ist, was Ich tu und eine Zierde für das All, das Ich mit Meinem Sinn und Geist belebe. Nur schon was Ich in einem simplen Pflänzchen Mir erschuf, macht Mir beiliebe niemand nach, von den so klug gemeinten Menschenwesen, die den Planetenball bekribbeln und ihn zu beherrschen suchen, als ob er ihnen angehörte. Was sind das für Narren, die in ihrem Eigendünkel Dinge zu besitzen wähnen, die ihnen nicht gehören, sondern nur für ein paar Jährchen von Mir ausgeliehen werden.

Da sage Ich: Bist du auch nur ein einzig Mal zu dieser überragenden Erkenntnis vorgedrungen, wirst du künftig alles was da ist mit allergrösster Ehrfurcht und Bescheidenheit betrachten. Du wirst für was du Bist unendlich dankbar sein und Mir und Meinem Geisterteam gebührende Verehrung und Bewunderung erweisen.

Ich halte es für unklug, wenn du weisst, dass du zu höherer Empfängnis und Bewusstheit schreiten kannst und dieses Privileg nicht wahrnimmst in der Unbesonnenheit und Schalheit deiner Lebenstage.

Dennoch, die Gelassenheit der Meister ihres Fachs ist noch in dir verschüttet und verborgen und braucht nur ans Licht gehoben, von dir angefacht und tatenfroh gelebt zu werden. Unter Meiner Leitung wirst du ein bewusster Kenner der Gesetze, die die Welt vertrauensvoll zum Allerbesten führen. Deine Einsicht macht dich lind und süss und lockert deine Züge, dass sie mählich auch Unendliches berühren. Was du Bist wird offenbar und was Ich in dir Bin beseligt deine Seele wunderbarerweise und vermählt dein Wesen mit dem Meinem unfehlbar in der erhabnen Pracht Elysiens.

7.2
Eine Kolonie von gottgesegneten Geschöpfen soll in Meinem Reich begründet werden, um der Liebe Willen die Ich für sie hege. Es ergeht an dich der Ruf dein Scherflein beizutragen zum vorzüglichen Gelingen Meines Plans und der heisst: Edukation an allen Fronten menschlichen Beginnens, Lernens und Verstehns. Dein Wesen ist noch lang nicht zur vollkommenen Geschmeidigkeit, Bewusstheit und Manierlichkeit gediehen. Gerade auch die Vielfalt aller Meinungen, die über Mich und Meine Wirksamkeit bestehn, ergibt ein trügerisches Bild, so lange Ich es nicht voll Liebe und Geduld in deinem Herzen kläre. Recht einfach ist es, vor dich hin zu sagen: Er ist gütig, weise und entschieden aufs Unendliche bedacht. Das aber als kraftvolles Faktum in dir selber zu erfahren, ist ein anderes, das du erringen musst im unnachgiebig durchgesetztem Selbstbewahren.

Du kannst von Mir nur so viel Klärung und Entschiedenheit erwarten wie du fähig bist auch mit Verstand und Seele aufzunehmen und in seinem Wohllaut und Belehren innig zu begreifen. Doch wenn dies in dir anhält wirst du menschlich, wunderbar natürlich und berückend schön als Wesen der Allherrlichkeit, das sich und seinen geistigen Gehalt im Seelengrund versteht und nach ihm handelt, fein dosiert, unübertrefflich weise, willensstark und gottergeben.

7.3
Ins Wesen reiner Fantasie gegossen trete Ich voll Eifer vor dich hin und lade dich zum Tanz mit allem was da ist und dich zum Seligsein beflügelt. Du

bereitest dir ein Fest aus einer Fülle reiner Schöpferkraft-Gedanken, die dich von Mir aufs Trefflichste beseelen. Deine Zeit verfliegt im Nu, derweil du deinen überragenden Ideen, als von Mir gespendet, Form und Fabelhaftigkeit verleihst dem Weltensein zu Ehren.

Was immer du von Mir empfängst macht Sinn und fügt sich in die Weltenordnung ein, die Ich seit eh und je aufs Trefflichste begründe. Deine Fabelhaftigkeiten sind nur so viel Wert wie Ich es ihnen voll Begeisterung und Übermut, Elan und Vorwitz angedeihen lasse. Ein göttliches Vergnügen ist es Menschenwerke die von Meinem Glanz beseelt sind zu betrachten und sich ihrer Lauterkeit und Feinheit, Reinheit und Verspieltheit hinzugeben. Da erzeigt es sich was wahre Werte sind im Leben und was von jedermann geschätzt und hochgehalten werden kann.

Willst du ehren, ehre Mich für alles was Ich dir in Geistgeselligkeit und Offenheit bewusst vergebe und schmücke dich mit dem Gedanken, dass du im Empfinden alles Wahren, Schönen und Vortrefflichen mit Mir vereint und vollends einig bist im Wunderbaren.

7.4

Was du immer kannst, das hast du Mir und Meiner liebevoll gesprenkelten Gedankenflut und –fülle zu verdanken. Ich werte aus, was du vollbracht hast nach der Skala höchst bedauerlicher und bewundernswerter Taten. Daraufhin ist es Meinem Sinn wie nichts daran gelegen, das Bedauernswerte auszurotten und dem tüchtig Vorgebrachten Lob zu spenden nach Meiner wohlerwogenen Manier.

Ganz enorm ist Mein Interesse daran, dich in dir selber zur Vernunft zu bringen, und dir Meine Pläne für dein Endziel nach dem Mass der Klugheit

willentlich zu offenbaren. Dabei ist Eminentes mit im Spiel: Nämlich Meine weltumspannende Präsenz in allen Dingen, die damit den Schimmer der Gottseligkeit und Unbesorgtheit in sich tragen. Nach diesem Vorbild lässt sich alles weitere was Ich dir Bin mit Nonchalance, Grandezza und Erhabenheit beschreiben, die dich zu einem Wesen von wahrhaftiger und seinsgediegner Rarität und Sitte stilisieren.
Bei allem was Ich meine, meine Ich es gut mit dir und wandle damit deinen Sinn mit unnachahmlicher Geduld und Grazie Mir entgegen. Das wird dann für dich zur Erfüllung mancher tiefgefurchten Sehnsucht, die dich dazu anhielt, mehr zu wollen und zuinnerst mehr zu sein als du es bisher in dir fühltest. Damit muss nun Überhand gewinnen, was in dir schon längstens angelegt und eingeflossen war. Der Strom von gut fundierten Aktionen deiner Provenienz verbreitert und vertieft und schwillt zu einer Grösse an die sich vor Mir und aller Welt wohl sehen lassen kann. Du bist erfüllt von dem Gedanken, dass dich Göttliches geschaffen und geprägt hat und in Wesenstreue durch die Zeit begleitet und bewusterweise ins Unendliche entführt.

7.5
Eine Wohltat folgt der anderen wo Ich im Spiele bin und wo die Menschen Meine Gegenwart sowie den Wohllaut Meiner Stärke innig spüren. Bei all den laufenden Problemen die die Welt in Aufruhr und Bedrängnis halten sollst du dir bewusst sein, dass die Meisten doch im Anstand, Selbstwert und Vertrauen in die Zukunft leben können. Problematisch jedoch ist der Mangel an der Aufgeklärtheit geistiger Natur mit dem die grossen Massen arg zu kämpfen haben. Es fehlt die Einsicht in Mein

Wesen, das eben auf dem irdischen Parkett und mit dem allgemeinen Buchwitz nicht zu fassen ist. Das ist die tückische Misere, die offensichtlich von den Meisten nicht erkannt wird, was sie so gefährlich werden lässt in ihrem unbewussten Wüten. Nur schon das Bewusstsein immer neuer Erdenleben würde viele Rätsel lösen, die noch erratisch vor den Menschenvölkern stehn. „Was du jetzt an der Natur verbrichst, wirst du früher oder später selber auszukosten haben", sage Ich dir ins Gewissen und betone dabei, dass die falsch gesetzten Informationen wesentliche Hemmnisse für die gesamte Evolution bedeuten. Was aber macht dich friedvoll, frei und froh? Allein schon der Gedanke, dass dir ein unendlich weises Wesen immer beisteht auf der langen Fahrt durch ungewissen Zonen und bedrohliche Sequenzen in der vielen Leben Aufeinanderfolge, Bitterkeit und Qualität. Du darfst dich an das Grandiose halten das dir vorsteht und dich mählich von der eminenten Güte seines Weltgestaltens überzeugt. Ihm bist du zugetan und Seine Weisheit mag dich lehren, wie man glücklich lebt, seinsbewusst, kollegial, erfinderisch und auf's Unendliche bezogen.

7.6

Gott kann sich auf den Marktplatz stellen um still und laut zu rufen: Seht Mich an, hier Bin Ich und gewähre Absolution vom Schein in dem ihr so verhaftet seid damit sich Meine Wirklichkeit in euch erfülle. Doch die Massen hasten mit besorgt gefurchter Stirn an ihm vorüber und versäumen es sich zum Erhabenen zu wenden das ihnen vor der Nase steht.

7.7

Von zuhinterst an die Front beord're Ich dein Schreiten, aus der Taufe hebe Ich, was du vordem nie gesehn. Was Ich vor deine zarten Füsse lege, ist ein Weg von unerhörter Dichte des Geschehns wie von einer rabiaten Höhendrift, deren Überwindung deine besten Kräfte fordert derweil Ich dir bedeute niemals daran zu verzagen.

Was in dir weilt ist genialerweise von Mir vorgegeben was aufblüht und gedeiht und sich als kunstvoll und aufs Äusserste gekonnt erweist, bestätigt Meiner Schönheit Zug und Zungenfertigkeit in reichen Massen. Was immer Ich im Weltall präsentiere, atmet Noblesse, Kreativität und Mut zum Risiko, geradewegs in dir, dem Ich den freien Willen mit auf seine Sternenbahn gegeben. Trachte du danach, den Willen des Allmächtigen selbst bis ins letzte Detail zu erspüren und handle du danach, damit die Einheit allen Seins aufs Köstlichste gewahrt bleibt und weder Ich noch du sich je zu schämen brauchen in des Da-Seins Studio und weltumspannender Regie.

7.8

Auf die Erde ging ein merkantiler Schauer nieder und verwandelte ihr Antlitz in ein Meer von monitär gespickter, wütender Geschäftigkeit, unter der die Einen schmachten, währenddem die Anderen sich daran gütlich tun. Der Mammon, ins Extrem getrieben, herrscht in vielen Köpfen und beherrscht ihr Sein wie eine Furie mit ihrem Rat-Schlag in verderbenbringender Manie. Dagegen setze Ich das gütige Verschenken Meiner Himmelskräfte an die Lebenswelten und verleihe ihnen Kraft und Lust am Aufblühn, wie am zielgerichteten Vollenden ihrer Schöpferstrategie. Mein Verdienst ist es, wenn sich die Künste kunstvoll und beseligend im wach geword'nen Volksbewusstsein etablieren. So entstehen und behaupten sich Kontraste, die von überragender Bedeutung für den Fortschritt einer Menschheit sind, wie für ihr stetes Wohlgeraten. Was Ich ihr entbiete, lässt sich für sie bestens an, wenn nur die grundverschied'nen Charaktere ganz in Meinem Sinn und Geist agieren wollen. So entsteht Gemeinschaft zwischen oben, unten, weit und breit, die allgemein bekömmlich ist und sich voll Grazie verteilt im all so klug gewordnen Menschenarsenal. Meine Sendung ist es, Weisheit, Übersicht und Wohlgefallen in den traulichen Gemütern zu erwecken, damit die Prophezeiung sich erfüllt vom Zaubergarten, der in jedem Herzensmilieu zu finden ist, wo guter Wille herrscht und Gottessympathie. In dir auch soll das Wesentliche und Erbauliche Erfüllung finden unter Meiner Leitung und Regie und soll sich vollends und voll Wonne in Mein Sein gegossen fühlen.

7.9

In Meiner Sicht auf was da ist kann es keine Nonvaleurs und keine Nieten geben. Alles von Mir Ausgetragene hat seinen Eigenwert und seine Disziplin, sein Label, seine Lebenslust, wie seine Seinsphobie. Zum Zeichen meiner Huld im Gegenüber lasse Ich sein Blut in Freuden wallen, wenn es Mich in seinem Dasein spürt. Ich biete ihm die Herzenswärme an, die ihm gerade Not tut, um sich selber zu erhalten und zum Juwel der Seinsnatürlichkeit und Lebenswonne zu gestalten. Was immer sich durch Mich bewegt, hat keinen Stillstand zu befürchten, weil das Lebendige per se in einem nie verebbenden sich selber stilisierenden und lichterlohen Morgendämmer das Unendliche erstrebt. So sicher, wie du da bist, kannst du Meinem Wort vertrauen, derweil die Erde, wie der himmlische Azur vor dir verschwinden mögen doch das Schöpferwort das über dir erschallte bleibt bestehn und wird nimmermehr der Finsternis verfallen. Das Ewige hat sich das Bleiben wie das Seinsbewusstsein im belebten Überall zur Stätte seines Wirkens auserwählt. Das macht, dass alles quirlt und quakt, Begriffe bildet und sie gleich zerzaust den Adamsapfel spielen lässt im Überzeugtsein, Goldenes zu produzieren, derweil nur Ich Mein kugelrundes Reich in sichern Händen halte. Meiner Grazie und Klugheit ist es zu verdanken, dass das so Komplexe landauf landab den Stellenwert bewahrt, den Ich ihm mitgegeben. Kauderwelsch ist nicht gestattet, wo Mein Arm regiert und wo die Seinsgetreuen sich von A bis Z zur strahlenden Vollendung tragen. Das Himmlische, das Ich den Welten Bin, ist auch in dir aufs Schicklichste verborgen und gewährt dir einen Nimbus ohnegleichen von Verwegenheit und Genialität, Gewieftheit und sakraler Ebenbürtigkeit mit Mir, dem Alleskönner und Gelehrten aller Weltenzeiten. In Mir Bist du der Brave, hinter dem man wenig Tüchtiges vermutet, derweil dein Sinn sich hoch hinaufschwingt bis zu Meinem benedeiten Gotteswohl. Klarheit und Verklärung sind dein wonnevolles Los, gespickt mit Meinen Gütern und gesegnet von der Allmacht Meiner Boten, glückverheissenden Strukturen wie den preziösen Alpenklängen im zutiefst vergöttlichten Allhier.

7.10

Dich stabil und seinssubtil erhalten, liebe Seele, kann nur Ich in Meiner Gottesgüte und Konföderation mit allen Kräften, die da sind: allweites Selbstgefühl, Entschiedenheit und

Kreativität, die allesamt in Meiner Kompetenz und Meinem Strahlenfelde liegen.

Mein Bewusst-Sein ist ein liebevoll mit aller Welt verbundenes Laboratorium, in welchem sich in Echtzeit Myriaden hoch bedeutende Gedankengänge und Empfindungsstränge zu ereignisvollen Wirklichkeiten stilisieren. Alle, alle sind von Mir ein Zeichen wunderbarer Konsequenz im Pläneschmieden, wie in deren genialer Übertragung ins natürliche Geschehn. Mich bringt man nicht so ohne weiteres aus dem berühmten In-Mir-Selbst-Beruhn, denn Meines Seins Gebiet liegt haushoch über deinen all so viel verzweigten Weltentaten. Dir wie Mir ist es vergönnt, an beidem teilzunehmen, sei es an des Schaffens unstillbarer Virtuosität, sei es am aberseligen Verweilen in den höchsten Chefetagen.

Ich liebe es, aus einem Nichts ein ausserordentlich gediegenes und gotteswürdig vorgebrachtes Tribunal der guten Hoffnung zu kreieren. Die Gesetze Meines Laborierens zeitigen die ausserordentliche Qualität und Schönheit Meines Handelns an der Pracht des Universums wie an jeder noch so unscheinbar gestalteten und liebevoll verwalteten Erscheinungsstelle im Allhier. Eine jede ist ein Fest der gütestrahlenden Geburt der Gottheit in die Weltensphären, denen sie sich weiht und widmet grenzenlos. Auch du bist ihres Wirkens Kleinod ebenso wie ihre ausgesprochene Behutsamkeit, geschmeidig und in seelenvoller Ruh.

7.11

Moderat kann auch Erfolg und Nützlichkeit - ein Seelenlächeln und einwenig Trost ins Leben bringen. Ich aber muss aufs Ganze, Unübertreffliche und Weltenträchtige pochen die zutiefst in Meiner Art begründet liegen. Kenntest du Mein

Weistum an die Welten, du würdest ebenso wie Ich Verlangen nach Erfüllung grossen Stils in dir und deinen köstlichen Ambitionen tragen. Die Kraft dazu und Meinen Götterwillen leih ich dir, nur musst du sie auch täglich, tätlich und aufs Äusserste entschieden praktizieren. Gewinne Achtung vor dem rauschenden Gewicht der Sterne und du wirst ein Mensch von eben dieser ruhigen Bestimmtheit, Wucht, Prosperität und Bodenständigkeit, die Mir schon immer zugeeignet und geläufig waren. Nuance um Nuance Meiner Unerbittlichkeit und Wachheit schlag dir zu, bis deine Geistessehnen so gestärkt, valabel und aufs Äusserste getrimmt sind, dass dir alles, was du leistet, wohl gelingt und deinem Namen höchste Ehre und Bewunderung bereitet. Es ist der Meine, wenn du's recht bedenkst und deine Augen offen hältst für das, was Ich dir Bin in allen deinen Überlegungen und Operationen, wirkungsvollen Auftritten und ebensolchen Disparationen.

Unter Meiner qualiäts- und formentriefenden Ägide kann dir kein einziger der hoffnungsvoll begonnenen Projekte, Patronate und Gespinnste radikal verloren gehn. Immer listen sich daraus unzählige Erfolge und Gewinste auf, die ihresgleichen oder eben Meinesgleichen suchen. Was du in Mir errungen hast, kann dir nimmermehr genommen werden; was die Erkenntnis dir ins Seelensein geflüstert hat, bleibt dir auf ewig als ein Geistesschatz von tadellosem Schliff und lupenreiner Transparenz erhalten. Ziehst du mit Mir durch die Zeiten, stilisiert sich alles was du Bist zu einer Herrlichkeit von Gottes Blütenpracht und köstlichem Arom zusammen, von dem die wägsten und gerissensten Ganoven dieser Welt nur träumen können. In Meiner gibt es nichts zu lachen und zu krachen, aber deines feinen Seelenlächelns

Seinsfibration wird sich als Zeichen reinen Glücks und makelloser Seligkeit in Meinem Reich der tausend reizenden Geschehnisse erweisen. Du Bist und hast nichts andres mehr zu suchen, du trägst das Siegel der Allherrlickeit im Herzen und erfährst damit die Wonne der Verklärten und den Wohllaut des Elysiums in reiner Fülle, ohne Wiederkehr.

7.12

Minister ohne Portefeuille magst du Mich nennen, doch Ich schalte, walte und gestalte aus der Fülle Meiner selbst von Fall zu Fall, was Ich Mir ersonnen habe. Mehr ist von Meiner Seite nicht zu tun, denn nun sollst du, was Ich dir väterlich vermachte, zielbewusst vermehren. Die von Mir geschenkte Denkkraft sollst du stärken, indem du rege sie gebrauchst und ihr dein inniges Empfinden zur Verfügung stellst in deiner wollenden Begier. Aus drei wird eins, damit du reüssierst auf Erden; hast du das Unendliche erreicht, werdens wieder drei die sich im Höchsten wieder zur All-Einigkeit vereinen. Wunderbar ins Sein geschrieben ist, was da im Einzelnen, wie im gesamten Weltenwuchs, geschieht. Kannst du dich Meinem Wesen radikal erschliessen, erschliessest du dich auch dem Deinen, aus dem Grunde, weil Ich dich Bin bis in jede Faser deiner Existenz, wie deines Willens, Ausserordentliches und Befriedendes zu leisten in der Tage Sinn und Blütenflor.

Die Geschicke sind in Meinen Händen, doch dein Geschick sollst du in eig'ner Kompetenz und Sitte, Strahlkraft und Entschiedenheit zu einem gloriosen Ende führen. So wird dein Leben und Agieren unbedingt zu einem Kunstwerk ersten Ranges im zutiefst beseelten und erhabenen Allhier.

7.13

Lädiert? Ich Bin des Heilens kundig, dein gesundender Kumpan. Auf Mein Wort verschwinden deine Übel und du wandelst freien Sinns dem Urgrund deines Seins entgegen. Was Ich bewirke, ist die Öffnung auf die Wirklichkeit, in der Ich Bin und wese. Es ist der Freiraum, den Ich dir bereitet habe, damit du deinem Leben Eigenständigkeit und Selbstbewusstheit, Generosität, Vorbildlichkeit und Eleganz verleihen kannst, nach Meinem Mass und Zielen. Es sind erhabene Dimensionen die Ich leichthin vor dich lege, um deinem Sosein neue Werte und Bedeutungen hinzuzufügen. Du bist viel mehr, als es dir in der gängigen und hängigen Potenz erscheinen mag. Denn, was Ich in dir Bin, befähigt dich zu unerhört geschmeidigen und anspruchsvollen Taten. Letztlich kannst du ruhig deines eignen Seins Verstiegenheiten und Verirrungen beiseite legen, um staunend und beglückt dem Weg zu folgen, den Ich vor dich hin drapiere, wunderbar gekonnt und seinsgediegen. Das ist eines Gottes würdiges Métier und wird auch deines sein ob allen Kapriolen und Verwüstungen, die sich einstens unter deinem wirren Ritt ergaben. Meinen Wegen sind Ghirlanden, grün und blumenprächtig beigefügt, um dein Auge zu erfreuen und dem Gang zu Meinen Höhn Bewunderung und Sinngehalt hinzuzufügen.

Was ist nun deine Zukunft and'res als ein Fest der guten Hoffnung auf Erquickung mehr und mehr. In Meine Glorie gebettet, kommt dir alles Gute und Geschniegelte in Fülle zu, und was du Bist in deines Wesens Grundsatz und ereignisvollem Auferstehn zu Mir wird ewig unvergänglich und glückselig sein im Sich-Erleben.

7.14

Witzig, spritzig, kongenial und tapfer sind die klugen Geister, die Mich durch die Lebenszeit begleiten. Ihnen kann Ich Mich vertrauen und Ihnen trau ich alles zu, was zu vollbringen ist in ungezählten Tagen. Bezaubernd ist es, jede Menge von Gefährten neben sich zu haben, die sich recken, strecken und gehorsam jeden noch so auserlesenen Befehl auf's Peinlichste erfüllen. Da ists denn gegeben, dass kein Jota des Gebietens sich im Nachhinein als tückisch und gedankenlos erweist, denn was getan ist ist getan und kann von niemand aus der Welt gestrichen werden.

Kenner werden sagen: "Das ist gut, gelungen und erfreulich", oder: "Ei der Tausend, welcher Pfusch und welches schmähliche Versagen". Bitter wäre das und kaum mit Anstand zu ertragen. So ist jede Unbedachtheit schmerzlich und oft doppelt zu bezahlen, denn der Aufwand, wie die Hiebe, kosten viel. Auf diese Weise habe Ich gelernt, nur noch Vollendetes zu produzieren und Mich deutlich auf die Seite der Versierten, Grandiosen und Bewunderten zu schlagen. Heute fällt Mir alles leicht und spielend von der Hand und Meine Werke zeugen von der Unbekümmertheit, mit der Ich ständig operiere. So viel Freude macht es, seinsperfekt und schnittig, bravourös und seelenvoll zu sein und sich in den Nimbus der verehrten Meister der Jahrhunderte zu hüllen. Wie in Tönen bringe Ich den Wortschatz Meiner Stimmungen hervor, die so viel Nützliches und Liebliches bestimmen und Meine Welt zu einem Garten der Holdseligkeit und Blütenzartheit stilisieren. Selbst die Besten, die gewandt und kennerisch vorübergleiten, finden nichts als Lob und liebevolle Anerkennung Meiner Siegestaten.

Was immer du dir dabei denken magst, auch dir gehört des freien Denkens wie des freien Über-Dich-Verfügens spielerische Gaukelei und Transvestie. Jeder soll erkennen und benennen, wie charmant und fantasievoll du dich gibst, der Welt und Meinem Charme gehörig gegenüber. Was immer du vollbringst, hält an und strebt danach, Jahrtausende zu überdauern. Deine Welt ist, wie die Meine, ein Idol der Tüchtigkeit im Pläneschmieden und ein Bijou der Beständigkeit im Glänzen. Mach es wahr, dass alle dich für ein Genie und für unsterblich halten und verstricke dich in keine Händel über deinen Wert, indem du alles, was du schufst, verschenkst, als ob es wertlos wäre. So kann dich keiner je um dein Besitztum bringen oder dich darum beneiden weil du ständig wie ein Bettler dastehst und dabei aus einer Fülle überirdischer Gewährnis schöpfen kannst im wunderbaren Dich-Umströmen.

"Mir nach, marsch", will Ich dir nochmals ins Gewissen schreiben, um dir Seelensicherheit, Bedachtsamkeit und freudiges Erwarten zu verleihen. Und kommt es an, dann kommst du an in Seinselysischen Gefilden, wo alles Tugend, Jugend, Wohlverstand und Wonne ist am gotteswürdigen Geschehn. Du Bist und bist mit Mir zu einer Einheit ohne Fehl und Tadel, Lug und Trug erhoben in das Reich der seligen und raumerfüllenden Gebieter sämtlicher Affären, die da sind und durch die sprossenden Äonen rollen, ausgezeichnet, impulsiv, verführerisch, behutsam und solvent voll Grazie im Wunderbaren.

7.15
Klar definiert ist halb gesungen. Siehst du, dass einer wankt, so gibst du ihm noch einen drauf damit er fällt, und zwar zu deinen Gunsten. Dabei hast du

nicht bedacht, dass ein Götterlichtes in ihm wohnt und dass du Mich beleidigst, wenn du nicht Barmherzigkeit und Nachsicht bei ihm übst. Es kommt die Stunde, wo du selbst erleiden musst, was du ihm angetan und diese Schmach, Verehrter, will Ich dir nicht gönnen.

Bringst du jedem Menschen eloquente Achtung und Bewunderung entgegen, bewunderst du Mein Sein in ihm und seinen Gliedern. Das fördert deine Öffnung dem Unendlichen entgegen, das Ich in allem Bin und explizite auch in dir.

Im Fall der Herzensgüte, die du an dem Weltlichen verrichtest, kann Ich dir dieselbe Wohltat und Erquickung nicht verwehren. Ja, Ich spende sie schon eh du nur den kleinen Finger rührst, Meiner Hochgesinntheit und Verschwendungssucht entgegen. Mit allem, allem wessen du bedarfst beschenk Ich dich aus vollen Schalen, um vor der Welt als gütestrahlendes Genie zu gelten. Das offenbart dann Meine Zuverlässigkeit und Minne allem Seins-Geschaffnen gegenüber, das da ist und operiert in Mir.

Nicht prüde Bin Ich, wenn es darum geht, das Weltenwesen anzufassen und ihm Meine Sicht und Sorge, Grossmut und Gelöstheit zu verpassen, denn in Sachen Bruderschaft und Generosität, Verbindlichkeit und warmer Liebe Bin Ich nicht zu überbieten. Deine Züge glätten sich, sowie du dich Mir gegenüber siehst in deinem Dich-Verwundern an der lichten Schönheit deines Herrn. Dein Bewusstsein gleitet sanft und seelenvoll, galant und seinsglückselig in das Meinige hinüber und erkennt sich als verehrungswürdige Redoute der Gerechtigkeit und Liebenswürdigkeit am Leben. So wird alles wieder gut, was Mich und deine Welt betrifft im kleinsten Detail der Vergänglichkeit wie im wunderbar beseligenden Aufschwung zu den Sternen.

7.16
Das Mächtige wie Übermächtige feiert sich in dir in wunderbar geheimnisvollen Zügen. Es ist sich selber offenbar in ausserordentlich geschicktem Über-Sich-Verfügen. Ich mache besten Staat in jedem Reich in dem Ich Mich voll Nerv und Tatkraft etabliere, derweil du noch in allzuvielen Fällen deines Da-Seins jämmerlich versagst in Sachen Treue zu dir selbst und damit Gottestreue in des Seins unendlichem Verehren. Was da zum Vorschein kommt ist eine unerschöpfliche Geschichte von Erhabenheit und Elend, Trauer, Glück und Glorie des Himmels, die von Meinem Throne ausgeht und bis in die allerzierlichsten Verästelungen Meiner selbst wie Meiner Lieben reicht in denen Ich Mich ohne jeden Zweifel als das Seiende und Unvermittelbare, Gloriose und Allweltliche voll Würde präsentiere.

Demnach Bin Ich weitaus mehr und Bist du's ebenso, als sich's die Trefflichsten der Menschengeister je erträumen mögen. Sie ächzen unter dem Verdikt der noch so dominierenden Verstandesmässigkeit und Sinnenfälligkeit, die sich das Irdische zum Gegenstand des Forschens auserwählt und hochgezüchtet haben. Ich hingegen halte beide Trümpfe in erhobnen Händen, nämlich den der radikalen Sinnenkraft als illusorisches Geplänkel, wie den Überirdischen der das Wirkliche, das Ich Mir Bin, im geisterfüllten Kosmos offenbart. Solang du dich als In-Mir-Seiender erfühlst, Bist du im Allnatürlichen bestätigt und erwünscht, inbegriffen und als Träger Meiner höchsten Hoffnungen im All-Sein etabliert; hingegen, bildest du dir auf dich selber auch nur das

Geringste ein, bist du aus den erlauchten Reihen der Verklärten Gottes ausgeschieden und vertrittst Mein Reich der liebevollen Geistigkeit nicht mehr.

Komm wieder, ruf Ich dir wie über einen Abgrund zu und verlocke dich zum abergrossen Sprunge ins Unendliche der Sphären. Kommst du bei Mir an, ist alles eitel Freude und glückseliges Verstummen vor dem Einem, das da Ist und allen angehört, die sind und sind in das Allherrliche geschrieben.

Atme auf und sei, liebe Mich wie dich und bade dich im Lichte, das den Geisteshimmel überstrahlt in alle Weiten und Erhabenheiten, ewig heiter, überzeugend delikat und morgenschön.

7.17

Die Menschheit misst sich immer wieder auf der Ebene von Drohung, Pulverdampf und Lüge um den Gegner einzuschüchtern oder ihm gar den Garaus zu machen im tragisch-komischen Geschehn. In Meiner Hemisphäre jedoch herrscht Unsterblichkeit sowie das liebevolle Miteinander-Gehn. Die Tugend, wie die ewige Jugend, überzeugen und so wird die Absicht, die Ich hege, zum Triumph im Kampf um wahre Werte und Verbindlichkeiten menschengöttlichen Verfügens.

Auf dem Geistesfelde trete Ich mitnichten gegen Meine eigenen Prinzipien an; sie haben sich wie Brüderchen und Schwesterlein aufs Wunderbarste zu ergänzen und sich in der Einheit allen Seins vollkommen zu begreifen. Somit ist dem Feindlichen nichts weiter als die Einheit aller handelnden Gemüter zu erklären und schon blüht die Friedefertigkeit und das tiefinnige Verständnis zwischen ihnen.

Nie wird der Ruf des Seins an deine Inselhaftigkeit verstummen. Es fügt gekonnt zusammen, was vereinzelt und verlassen war. Sein Ziel ist, Glück der

Sterne und Bewusstsein der Unendlichkeit für alle zu erreichen. Was stimmt, stimmt auch für dich und hebt die heitere Gestimmtheit deines Herzens himmelan, wo du in seinsnatürlicher Manier das Ewige mit Wesensglanz versiehst und deinen Träumen Wachheit, Wahrheit, Auserlesenheit und seelenvolle Zartheit zugestehst.

7.18
Was Mir nie genommen werden kann ist die reine Fülle Meines Seins in dem Ich Bin und wese. Lichtgesegnet und erhaben über jede Unbill trete Ich als Herold Meiner selbst aus dem Unendlichen hervor und schaffe Mir die Welten, Wunderwerke und Beseligungen, deren Zeuge Ich Mir Bin in Universenweiten.

Was Ich hier feierlich verkünde, ist das Mass der Dinge die da sind und die sich freien Falls ins Wirkliche der Lebenswelten treiben. Dort sind sie Mir zur Illusion, zum Strandgut Meiner selbst und zur Verstiegenheit geworden in ein Da-Sein, das dem Tod verfallen ist. Immer muss Ich was Mir frommt und eines Gottes würdig ist mit frischer Geisteskraft beleben um es so zur Einheit allen Seins, die Ich Mir Bin, zurückzuführen. Wo Mir dies gelingt, erkennt sich ein geliebtes Menschenwesen als das unendlich Preziöse, das es ist und das ihm zusteht, über aller arroganten Erdenschwere. Ein wahres Wunder ist damit vollbracht und eine Hoffnung auf All-Ewiges ist an Meinem Geisteshorizonte aufgezogen.

Indem Ich Bin, sind alle Sterne Meines Universums in Mich eingezogen; ausserordentlich Gefälliges, Markantes und unendlich Liebenswertes ist mit Mir geschehn: Die Erkenntnis Meines Seins als alles überragende Gebärde der Allherrlichkeit von Mir erkürt, erprobt, befriedet und in gottesstrahlende Natürlichkeit hineingetragen.

7.19

Wow, es drängt sich Mir ein Mehreres ins strahlende Bewusstsein, allwo es sich mit dem vermischt was Ich Mir ewig Bin und bleibe.

Was geschieht mit den so köstlichen Ressourcen, die Ich Mir in äonenlangem Streben gütlich zugehalten habe? Sie befruchten und ergänzen sich im Mass der Emotionen und Gedankenblitze die sie aus sich selber generieren. Reif und attraktiv Gewordenes drängt sich mit Vehemenz der strahlenden Verwirklichung entgegen, und wo das geschieht entstehen offensichtliche Gebilde reiner Anmut, Vielfalt und bezaubernder Ranküre. Was immer Ich aus Mir entsende, sehnt sich nach abervielem Auf und Nieder, Hin und Wider dem beschaulichen und seelenvollen In-Sich-Selbst-Beruhn entgegen, das Meinem Naturell wie nichts entspricht und das die Lieblichkeit und würdevolle Schönheit ausmacht, die sich in den Ruhesternen äussert im Allhier.

So ist aller Weltenansatz im Gelingen ein lustgetriebenes und majestätisch anzuschauendes Bewegtsein - und Beruhn, an dem die Götterwesen wie die wachgewordnen Erdbewohner ihren Anteil, ihre Lust und ihr Begeistern exerzieren.

7.20

Valet von allen Sorgen darfst du feiern, wenn du stets in Meinem Sinn und Geist agierst und keine Gründe mehr kreierst, worüber Ich Mich bitter zu beklagen habe.

Kennst du dich aus in Sachen Übersicht und Seinselan? Sie mag Ich dir wohl gönnen, damit du jeden Lebenstag am Ende loben kannst für das, was er dir an Erkenntnis, Förderung und Wohlbefinden brachte. Sind am Instrument die Saiten recht gespannt, erklingen sie auch schön, desgleichen soll die Lebensspannung dir den Wohllaut reiner Freude bringen im dezenten Herzgefühl. Gehorchst du Meinen Trieben, öffnet sich dir eine Welt von Wohlfahrt, Wonne und Glückseligkeit woran du dich erbauen und befruchten kannst vom Hier bis ins Unendliche hinein an dem die Seins-Lebendigen und Wachen ihren seelenvollen und begehrenswerten Anteil haben.

7.21
Warmer Segen, armer Segen der an dir vorübergleitet ohne seine Wirkung zu entfalten, weil du ihn nicht suchst. Alles andere willst du mit Vehemenz erfahren, nur dies Eine nicht, das dir so viel an Güte und Beschaulichkeit, Seelenwohlfahrt und Erquickung bringen würde, wie sonst Nichts in deinem Schlotterleben. Es klafft ein schierer Abgrund zwischen dir und Meiner hochgeläuterten Idylle wahrer Menschenfreundlichkeit im lichterstrahlenden Allhier. Du kannst sie nimmer sehn, weil du die Augen firm geschlossen hältst vor dem, was Ich dir liebevoll entbiete.

Mach dir Meine Geistes-Gegenwart zunutze und verehre und vermehre, was du Bist, indem du Mich verehrst in dir. Der Ehrfurcht folgt die Tugend, der Tugend die Enthaltsamkeit von allem, was nicht unfehlbar in Meine Geistesräume führt. Auf die Dauer kann es gar nichts anderes geben, als die Zielgerade auf Mein Werk und Wesen hin das überird'sche Wachheit, Seins-Bewusstheit und Erhabenheit für dich bedeutet. Der Sinn der Evolution ist es, Gottseligkeit zu züchten in den Menschen, die ihr wahren Wesens Silberfluss und

Grazie erkannt und bis in alle Himmel ausgeweitet haben. Im Unendlichen bewusst zu sein bedeutet, das Allmenschliche ins Göttliche hinübertragen. Wie kannst du da noch leben, ohne selbstbewusst, vertrauensvoll und heiter Meine Sache zu vertreten und in ihrem Sinnkreis und Erfahren in den Glanz Elysiens einzugehn.

7.22

Konstanz im Denken, Wollen und verehrenswerten Tun sind Meiner Stärke Glanz und Meines Überragens Konterfei und Seinsgenie. Das bedeutet, dass Ich niemals Mangel leide und auf irgendeine Art in Not gerate, denn eines Gottes Scheunen sind beständig bis zum Bersten voll in gloriosen Freudentagen. Sorglos, ewig heiter und salut beschaue und geniesse Ich den Reichtum, über den Ich leichterdings verfüge und mit dessen Wohllaut Ich Mein schöpferisches Flair zur vollen Geltung bringen kann.

Was bei dir nicht ist kann zielbewusst und überschwänglich werden, wenn du nur in Mir dein Vorbild, deines Wesens Kapitän und Seinsvermittler schauen magst in allen Runden, Wunden und Gesundungen durchs weite Feld das du beackerst und besprühst. Mach auf dein Herz und lass es von der Gottessonne mild und liebevoll bescheinen, damit sich Meine Saat darin erhebt und locker, lustig und erspriesslich wird im hehren Früchtetragen. Wenn du nur willst, kannst du das Wesen deiner Welt zur besten Ordnung bringen die da ist und ist in Mir ein Angebinde von entzückender Geruhsamkeit im Pläneschmieden. Dass sie wirklich werden, lass nur Meine Sorge sein und dass ihr Ruf durch alle Lande schallt, sei Meines Waltens überragende Gewähr.

Sieh doch, wie gut sich unter Meiner schützenden Ägide leben und gedeihen lässt in der Benedeiung deiner Zeiten und Gelegenheiten, gut und würdig, heilfroh und galant zu sein in deines Lebens Aperçu und Mode. Vertrautheit mit dem Allerhöchsten macht dich effizient und lebensfroh, unzimperlich und strahlend in der Mitte deiner selbst von Mir besetzt und ausgerufen, schön erhalten und auf's Nobelste gepflegt im Andersartigen. Schau auf was Ich Bin und überschaue deine Werte als in Mir erstanden, ausgeufert, liebgemacht und seinsgefällig auf's Vortrefflichste gediehen.

7.23
Auf Gottespfaden gehst du durch die Welt wie einer, der immun ist gegen die Behelligungen und Verwüstungen der Zeit mit einem unbeschreiblich liebevollen Lächeln auf den Zügen. An vergrämten und verbissenen, gierigen und pfiffigen Gesichtern wandelst du getrost und ewig heitern Sinns vorüber mit dem Ausdruck der Barmherzigkeit und des herzinnigen Begreifens ihrer zwitterhaften Situation.

Was Ich in jedem Gottesfreund und jeder - freundlichen bewirke, ist das Mass der Dinge, die sie völlig unbeschadet und von Mir auf Kurs gehalten, höhwärts führen. Das weist auf etwas wie ein zweites Leben das den Seinsverständigen und sakrosankten Lordbewahrern Meines Siegels innewohnt, von Mir gestiftet und damit der tapferen Vollendung und Ergriffenheit anheimgegeben. Seinslebendige erklären sich galant und gütig als das Nonplusultra götterlichter Taten wie als Wegbereiter für das Volk von hilfesuchenden Geschwistern, dem sie sich voll Nerv, Gutmütigkeit und Seelenseligkeit aufs Innigste verbunden fühlen.

So steigt ihr holdgewordener Gedanke und ihr preziöses Feingefühl im Bunde mit den ihren sanft und seinsgefügig himmelan, um alle Welt von der Gediegenheit und Hochgemutheit der Gottseligen zu überzeugen.

Das ist was Ich bewirke auf der Fahrt der Meinen ins Erhabne in bewusst gewordener Manier. Was aber kann bewusster und beförderlicher als das Ich der Welt im Weltensein agieren? Niemand ausser Mir, der sich auf unerhört geschmeidige und wirkungsvolle Weise in die Gegenwart und Gegenwelt der Wirkenden gegossen. Wie aus dem Nichts Bin Ich in allem, was da ist, erschienen und habe seinen Status der Gebrechlichkeit und Todesfurcht voll Liebe ins Unsterbliche erhoben. Nun wähle du, ob deine Tage sich voll Charme und Zuversicht in Mir vollenden sollen oder ob du weiterhin unwissend und in Schande durch das Dasein trudeln willst im allpräsenten Ungenügen.

Schlage dich im Angesicht von Gottes Majestät und Würde würdig durch die Lebenszeiten, indem du Bist und ohne jede Aberration im Gleichschritt mit der Gottheit, gläubig und gestillt den Pfad der Unbescholtenheit beschreitest, satt von Wonne und Glückseligkeit im Wohllaut und Salut, Geschmeide und glückseligen Gelispel Meiner Gottesgärten.

Ludwig Weibel, geboren 1933
Lebt in CH-9200 Gossau/St.Gallen
Studienabschluss als Fernmeldetechniker
Schriftstellerische Berufung zur
"Philosophie des Seins" für vife Geister.
Erstellt elegante Graphiken mit einem
Pendel-Apparat. (Siehe Buchumschlag)
Homepage: www.das-sein.ch